SHANGHAI LITERATURE & ART PUBLISHING GROUP

故事会
精品系列

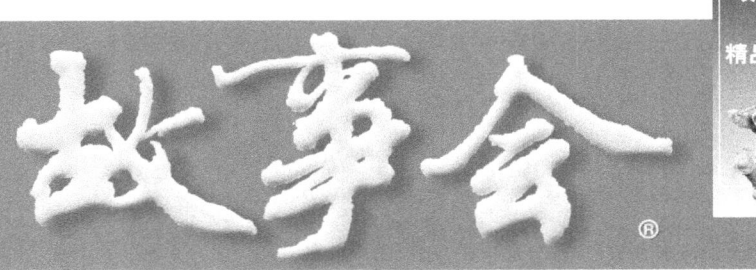

收藏故事

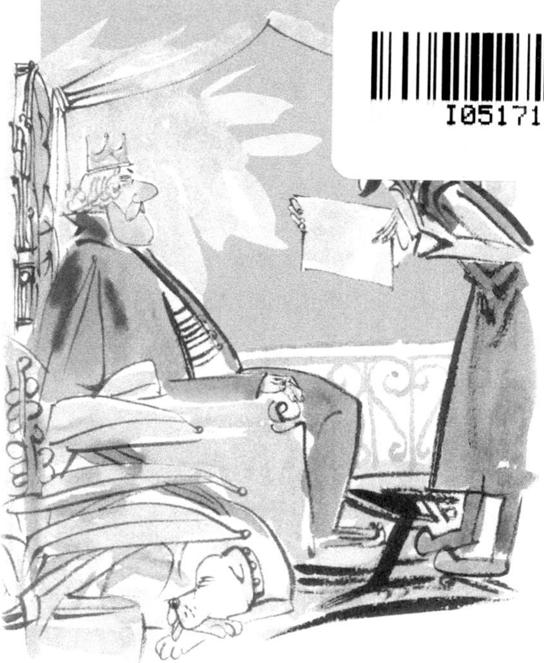

 上 海 锦 绣 文 章 出 版 社
上海故事会文化传媒有限公司

上海文艺出版（集团）有限公司

图书在版编目（CIP）数据

收藏故事 《故事会》编辑部编 – 上海：上海锦绣文章出版社
（故事会精品系列） ISBN 978-7-5452-0582-4
Ⅰ．①收…Ⅱ．①故…Ⅲ．①故事 作品集 中国 当代 Ⅳ．I247.8
中国版本图书馆 CIP 数据核字 (2010) 第 058711 号

丛 书 名：故事会精品系列

书 名：收藏故事

主 编：何承伟

编 委：何承伟 吴 伦 姚自豪 夏一鸣

责任编辑：刘迎曦 鲍 放

装帧设计：王 伟

责任督印：张 凯

出 版： 上海锦绣文章出版社

 上海故事会文化传媒有限公司

POD 海外发行： 中国图书进出口上海公司

 电话：021－36357888

 传真：021－36357896

 地址：上海市虹口区广中路 88 号

 邮编：200083

目　　录

名 人 字 画

有道是"千金易得，一字难求"，一幅名帖、一卷古画，其中凝聚了多少曲折故事。

郑板桥治病

　　郑板桥是清朝著名的画家和书法家，"扬州八怪"之一。他在书画上的成就广为人知，但他的医术如何了得，恐怕知道的人就不多了。

　　乾隆年间，山东闹灾荒，老百姓四处逃亡，甚至出现了人吃人的惨剧。潍县城里也随处可见灾民，一个个衣着褴褛，形容憔悴。时任潍县县令的郑板桥视察灾情后，立即下令开官仓赈灾。

　　消息传开，满城欢声雷动，四方灾民也都聚了来。可谁知没过两天，上面却发下话来，说没有命令，地方官不得乱动官粮赈灾。无奈之下，郑板桥便让灾民们修补城墙，疏理护城河。这叫"以工代赈"，干活得管饭呀，给官家和皇上干活，理当用皇粮管饭了。

支撑了一段时间,郑板桥又发起愁来,县城的几个官仓一点一点都见了底,向上面要粮,几次三番就是没有动静。按理说,县城里还是有粮的,那些大富商家里,余粮堆积如山,就连狗都吃得胖胖的,随便哪一家答应开仓,都够全城灾民吃一段日子。可是这些大富商全都为富不仁,一毛不肯拔。

这天中午,郑板桥为赈灾的事正要出门,家人突然来报:莫公子又来拜见。

郑板桥一皱眉:"就说我身体不适,不见!"

这位莫公子,这几天每天都来,听家人说,是一个富商家的,以前没有过交往,这是要来巴结郑大人。郑板桥对这些富商心中恼恨,哪有心情去和他应酬,所以一直对他置之不理。

赶走莫公子后,郑板桥穿上便服,戴上斗笠,叫上一位家人陪同,出了家门。

两个人来到街上,走了一圈,郑板桥看见路旁有个茶铺,就带着家人进去,挑了个靠窗的位子坐下来。透过窗子,他看到茶铺对面是一家朱门大户,门前大石狮子,丈高的院墙,绵延出一条街去。只听"吱呀"一声,那的侧门突然开了,走出一个管家模样的老者,向这边茶铺走来。

那管家走进茶铺,茶铺主人早沏好了一壶茶,不等吩咐,又称了一包茶叶,放在管家面前,问道:"王管家,莫老爷的病今天怎么样了?"

姓王的管家摇着头,叹了一口气,说:"不瞒你说,在准备后事了。"

茶铺主人一听,也重重叹了一口气,说:"为了这点事,后悔成这样,真是……"

王管家说:"不不不,你不懂,他们这些爱画的,一旦入了迷,那画就看得真的比命还重。"他品了一口茶,又说,"说实话,那赵孟頫的真迹我也有福看过,只是看不出有什么好。还有,咱们知县郑老爷的字七扭八歪的,可老爷就是当作性命宝贝,别人碰都不让碰,看呀摹呀画呀,这下好,自己不小心,灯打翻了,画烧光了!"

这位王管家嗓门很大,边说边比划,郑板桥在旁边听得真切。

茶铺主人好意提醒管家道:"我有个主意,莫老爷这病,光吃药不成,还得从病根下手。你不如叫莫公子去找郑老爷,求他多画两张,出重价……"

王管家连连摆手,说:"去过了,早去过了,公子几次三番去拜见郑大人,可这些天大人一直没空儿,不见。"

两人又说了会儿,王管家站起身,拿过茶叶,说:"我得回去,实在偷不得闲,忙过这阵子,咱哥俩再聊。"

王管家和茶铺主人的对话,郑板桥全听在耳里,他决定拉莫老先生一把。想起自己初到潍县上任,认识自己的人不多,眼睛一亮,心里有了主意……

傍晚时候,就见莫府门前来了一位先生,后面跟着一个仆人,仆人身上背着个长青布包袱。仆人上前拉起门环,"叮叮"叩打,没一会儿,莫家仆人出来开门了。

先生施礼说:"在下行医为生,擅长内伤症候,初到贵地,听说府上老先生身染小恙,毛遂自荐,斗胆来看看。"

王管家在里面闻声赶了出来,一见先生双目炯炯,言谈举止间透出的气度颇不平常,他不敢怠慢,一面把先生往里请,一面立刻差仆人去禀报莫公子。

不多时,莫公子亲自过来迎接,谈了几句之后,便引先生和仆人穿院过廊,去莫老爷卧房看莫老爷。一路上,先生四下打量,看得出来,这莫家的家资十分雄厚,府上楼阁精美,院里花树繁盛,尤其是成片的竹子,随处可见。

走了很长一段路,才到莫老爷的卧房。莫老爷正躺在床上,有人在给他喂药。先生一看，莫老爷的眼窝和两腮都已经深陷下去，面色苍白，目光呆滞，一口药含在嘴里，半天才能咽下去。

莫公子向先生介绍说："这位就是家父。"他过去把老爷子扶起，挽起袖子，让先生搭脉。

先生点头，伸出手去，替莫老爷搭了很长时间脉，然后来到桌前坐下。这时，纸墨笔砚早有人伺候好了，先生于是挥毫提笔，"唰唰唰"开了方子。

先生把方子递给莫公子，说："可用与否，请公子定夺。"

莫公子平时略通医道，此时接过方子一看，见上面写着"鲜霍香、陈皮、郁金、竹叶"等，都是些行气开郁、清心火补气血的普通草药，药虽对症，但却看不出有什么不寻常之处，所以心中十分失望，不由话里有话道："这方子的妙处，还得请教先生啊！"

先生岂能听不出莫公子话里的意思？微笑着说："方子确实普通，不同的是药引。公子，我把这引子带来了。"说着，先生朝他的仆人点点头，仆人便把随身带来的包袱递给了莫公子。

莫公子打开包袱一看，里面是两幅画，一幅是山水，一幅是兰竹，山水画很是陈旧，兰竹画倒像是新画的，画面上花木怒生，洋溢着盎然生机。

就在这时候，躺在床上的莫老爷突然"啊"了一声，众人猛回头，发现他两只眼睛紧盯着这两张画，挣扎着要从床上起来，莫公子连忙过去扶他下床。

只见莫老爷痴痴地盯着画看了一阵，嘴里一阵喃喃低语，又瞥一眼放在桌上的先生刚才开的方子，忽然倒头就朝先生拜了起来："小民莫高，拜见郑大人！"

莫公子一看他老爷子这副样子，愣了："什么郑大人？"

莫老爷气喘吁吁地说："蠢儿，你没见这画，还有这药方上的字？这位先生就是郑板桥郑大人！"

莫老爷说得没错，先生正是郑板桥！

郑板桥见屋里人都要下拜,连忙拦阻,说:"莫老先生是性情中人,让小生好生相敬,所以今日特地带两张画来,希望能为老先生略解苦痛。"

谁知莫老爷听了却摇摇头,低声说:"大人厚爱,小民感激不尽。只是,小民日后再也不敢近画了,犯下如此罪过实在是该死,小民就盼着来世能赎了。郑大人带来的这两张画,那张王摩诘的真迹对大人来说也一定是无价的神品,小人更不敢留。大人的厚恩,只盼来生能报啊……"

没等莫老爷把话说完,莫公子已经在一边紧锁起了眉头,他知道,老爷子是没了活下去的念头了。

可是郑板桥却笑了,说:"莫老先生只管把画留下!名家真迹确实贵重,但不是神品!"

莫老先生听不明白:"为何不是神品?恳请大人指教。"

郑板桥沉吟道:"名家作品夺天地之灵气,融一己之精魄,浸透毕生心血,确实有收藏价值,但是郑某觉得,眼下却还不如去为百姓解忧排难更要紧。如今百姓饥寒交迫,他们深陷水深火热之中,倘能让天下温饱太平,则使天地多彩,河山增色,这是用天地作纸,自身为笔,心血当墨,岂不是最能称得上神人神品吗?郑燮不敢妄想,此生只求多为百姓行些方便。"

莫老先生听着,沉思着,仿佛茅塞顿开,点头悟道:"无怪乎小人临摹大人的画,画中气象始终不得万一。是啊,大人心中存有此念,纸上落笔自然气象了得,怎是小人能领悟的啊!惭愧,惭愧。"说罢,他扭头对莫公子说:"怎么还不去准备酒饭?今天说什么也要和大人喝一杯。"

莫公子答应着便差仆人赶快去办,莫老爷说:"不行,今天你得自己亲自去替我操办!"

"那你……"莫公子对他老爷子身体不放心。

莫老爷怒道:"我没事了,刚才得了郑大人做人作画的真义,心里真是爽啊！"

　　莫公子见老爷子说话语声有力，行动虽然还显着虚弱，但是神情起色已经与先前大不一样，于是叫了一个仆人过来跟着老爷子随身伺候，自己转身就忙去了。

　　这时候，莫老先生又向郑板桥弯身打躬，说："小人这条命，多亏了郑大人医治，小人不知当怎么感激啊！"

　　郑板桥哈哈一笑，说："郑某倒真有一事要相求莫先生！"

　　莫老爷不禁感到诧异："大人有什么事要我……"忽然他有所顿悟，点头说，"知道了，知道了，小人已有这个心思，只要大人喝上小人一杯水酒，小人立刻开仓，所有余粮都由大人调用。"

　　郑板桥闻言一阵惊喜，连忙拜谢。

　　莫老爷连忙还礼，说："我该替百姓谢郑大人才是啊！"

　　两人争着相互拜谢，一不小心头"砰"地碰在了一起，众人连忙扶住，乐得哈哈大笑……

（薄希鹏）

（题图：黄全昌）

吃 回 扣

　　清朝乾隆年间,扬州有一个大盐商叫刘聚宝,人称"刘盐商",靠垄断盐业买卖发了家。有钱之后,刘盐商想改变一下自己的形象,于是便附庸风雅收藏起字画来。

　　刘盐商家中有个清客,叫陈府,人送外号"陈清客",能言善辩,且工于心计,平时深得刘盐商赏识。刘盐商收藏字画之后,陈清客便派上了用场,刘盐商对别人信不过,但对陈清客却是言听计从,吃不准的字画,陈清客说买他就肯定买下。时间一长,扬州城内那些字画贩子把他们之间的关系摸透了,如果想把字画卖给刘盐商,他们就先去找陈清客。

　　可是,找陈清客也不能白找啊,于是他们干脆给陈清客回扣,怂恿陈清客一起去骗刘盐商。次数多了,陈清客吃回扣的胃口就越来越大。

有一个叫王贩子的字画商,手上有一幅元代名画,他自恃奇货可居,不想让陈清客从中捞回扣,于是这天就绕过陈清客,直接找到刘盐商府上,将画轴展开,给刘盐商看。

这幅画轴高丈余,宽数尺,画中为五人掷骰子,盆中五颗骰子落定,分别是幺二三四六,剩下的一颗还正在飞转。再看那五个赌徒的表情,一个两眼圆睁,红得可怕,张口作大呼小叫状,另外四个或惊喜,或痛苦,或深思,或紧张,眼睛全都盯着那颗飞转的骰子看,神态各异的赌徒形象被画家栩栩如生地搬在了纸上。

这幅画刘盐商越看越欢喜,他顾不得拉陈清客来鉴定,当即付给王贩子二万两银子。

可是,这事儿没多久就被陈清客知道了,陈清客差点没气昏过去:自己这回要少拿多少回扣啊!如果那帮贩子今后都这么绕开我,我陈清客今后还怎么在扬州立足?

想到此,陈清客一步三摇来到王贩子家中,拐弯抹角问他要回扣。王贩子见画已卖出,钱也到手,当下便一口回绝。陈清客没想到王贩子不给自己面子,"好汉不吃眼前亏",他铁青着脸,不声不响离开了王贩子家。

第二天,刘盐商为庆贺自己得一宝画,在府上大宴宾客。席间,他让人将画轴悬挂于中堂之上,让大家欣赏。众宾客一见,"哇"齐声叫好,称画画得好,夸刘盐商眼力好,把个刘盐商乐得简直不知天高地厚。

一直到众宾客散去,最后只剩陈清客一个人了,只见他在画前反复观摩,一会儿摇头,一会儿脸上的眉毛、胡子都皱成了一堆,刘盐商才顿时清醒过来,想起这幅画是直接从王贩子手里买来的,当时并没有让陈清客看过。

刘盐商赔着小心问陈清客:"你以为此画如何?难道看出什么破绽来了?"

陈清客答道:"刘公,此画是真的,但此画画得有问题。"

刘盐商吓了一跳,赶紧问道:"有什么问题?"

陈清客说:"你看这盆中的鹌子,五子皆已落定,剩下的一个应当为五,方可算顺子。你看那张口大呼小叫者,必然是叫'五',刘公,你说对吗?"

刘盐商连连点头:"对对对,你往下说。"

陈清客说:"既然是叫'五',当然应该把嘴巴合拢,才能叫出声来,张口怎叫得出'五'来?刘公不信可以一试。"

这还用试?刘盐商想一想道理也就通了。

陈清客继续道:"此画如果是名家所画,哪会有如此败笔?这不分明摆着是那些一文不值的下三流画家所为?二万两银子,刘公,我看你是打水漂了。"

刘盐商自然心疼钱咯,他赶紧叫下人将画退给王贩子,并把王贩子训斥了一顿,将二万两银子立马追回。

王贩子自知胳膊扭不过大腿,只好把钱拿了出来。王贩子当然知道这是陈清客在中间捣的鬼,想来想去,这幅画要想再出手,也只好请陈清客出马,否则此事若是传开去,这画还真一钱不值了。

王贩子想了一夜,第二天一早便来到陈清客府上,求陈清客出面帮他打圆场,可是陈清客一口回绝。王贩子急得脸都白了,跪在地上说尽了好话,并且许诺事成之后重谢五千两银子,陈清客这才答应下来。

过了几天,陈清客急匆匆去找刘盐商,说:"刘公,这些天我一直在想王贩子的那幅画,其实它应该是一幅不可多得的名画,可我一时未作深思,竟然铸成大错,我有负恩公啊!"说罢,捶胸顿足,装出一副痛不欲生的样子。

刘盐商吃了一惊,忙说:"这到底是怎么回事啊?请说来我听听。"

陈清客道:"我后来想了好几个晚上,终于想通了,画面上那个张口大叫者,可谓神来之笔。刘公请想,赌钱时,若张口叫'五',岂不泄露天机了吗? 哪有将自己心里的点数告诉别人的?他口中叫的应该是'梅',梅花的'梅',而'梅'则正合他张口的口形和神态。梅花不正好是'五'吗? 此良苦用心,实在是画界高手所为,岂是一般画匠所能想得出来的?"

刘盐商一听,捶胸顿足道:"那你赶紧拿二万两银子去给我买回来呀!"

陈清客连连摇头:"别人都给王贩子三万了,您现在二万怎么拿得下来?"

刘盐商道:"亏你还是个有主意的人,那你就拿三万去呀!快去,快点!"

就这样,陈清客凭自己三寸不烂之舌以及投机取巧的本领,轻而易举就为自己赚得了一万五千两银子。

(叶　明)

(题图:俞耀庭)

红梅傲雪图

苏州城里有个古画鉴赏大师，名叫古雨亭，凡是赝品，只要到了他的眼皮子底下，准被一眼识破；若是他在古画上盖了"古雨亭鉴画"章的，那就绝对不会是假货。

有一年的腊月三十，鹅毛般的大雪纷纷扬扬地下着，天地之间一片苍茫。古雨亭正在书房里练字，夫人唐婉秋进来说："老爷，有个自称陈三道的人要见你。"古雨亭当即随夫人来到院门口，见有个年轻人正等在那里。

年轻人一见古雨亭，"扑通"一声就跪下了："古老爷，我叫陈三道，我是来请您老人家救命的。"古雨亭大惊，忙把他让进客厅问缘由。陈三道说，他父亲早已去世，现在母亲又被土匪黑疤子绑架了，黑疤子放出话来，要陈三道大年三十天黑之前带上五百两银子去赎人,否则立马撕票。陈三道说着,从怀里掏出一幅古画,递给古雨亭,说:"我爹去世前没有给我留下什么值钱的东西,只有这幅唐伯虎的《红梅傲雪图》。现在有人愿意出五百两银子买下,但是他说必须要您古老爷在画上盖印,证明它是真迹,才愿意出银子。"

古雨亭听陈三道说罢,立刻展开《红梅傲雪图》看了起来。半晌,他叹息说:"年轻人,可惜这画是赝品啊!"

陈三道大惊:"它不是真迹?"

古雨亭肯定地点点头:"不是。"

陈三道脸色惨白,"扑通"一声又跪在了地上:"古老爷,救救我娘吧,现在只有您能救我娘了。您要不盖印,我到哪里去弄五百两银子? 我娘肯定就没命了。"

看着陈三道这苦苦哀求的样子,古雨亭真是左右为难。一幅赝品,事关人命啊! 他真想自己掏腰包来帮陈三道度过眼前的难关,可自己一时又到哪里去弄这么多银子呢? 踌躇再三,古雨亭决定采取权宜之计先将印盖了,让年轻人拿画去换银子救他娘,至于自己的名声,总没有人命要紧啊! 他颤抖着手,把那方"古雨亭鉴画"的青田印章盖到了这副《红梅傲雪图》上,对陈三道、也像是对自己说:"仅此一回,下不为例,下不为例哪!"

陈三道惊喜万分地捧着印泥未干的画幅,感激地"咚咚咚"给古雨亭磕了三个响头,然后就飞快地跑出了古家。古雨亭望着他的背影,心里不住地感慨:"孝子,真是个孝子啊!"

话说第二年,古雨亭到湖州去看望一个名叫梅花石的老朋友,半路上突然下起了大雨,他在路边一个名叫"文香阁"的画店里躲雨时,竟意外地发现当初自己给陈三道盖印的《红梅傲雪图》,正挂在画店迎门的墙上。古雨亭大惊:"老板,您这画从何而来?"

店老板见问,叹息着说:"要说这画,它最初的主人是一个名叫陈三道的逆子。"

"陈三道？逆子？"古雨亭愣住了，他怎么也没法把店老板说的"逆子"和自己脑海里那个孝子的形象联系在一起。

店老板见古雨亭疑惑的神情，便说："这个逆子，他爹在世时还稍微好些，爹去世后，他成天和一帮不务正业的地痞流氓鬼混，把家产挥霍个精光，最后就剩了这幅唐伯虎的画。这画本来是他娘收藏着的，没敢让他知道，他娘是活活被他气死的，没办法，咽气之前只好把画拿出来，嘱咐他卖了之后给买口薄棺材，剩下的留着好生过日子。那逆子当面头点得鸡啄米似的，可背转身就拿着画来找我爹要换五百两银子。我爹拿不准这画是真是假，看在和他爹娘相邻多年的分上答应了他，不过要他先把画拿去给苏州古雨亭古先生过目。那逆子后来果然去找了古先生，让古先生在画上盖了印。我们家当时日子也过得紧巴巴的，可我爹东拼西凑还是把五百两银子凑齐，换了那逆子的画。可谁知那逆子拿了我爹给的银子后哪里是去给他娘办后事，他娘棺材还没入殓他就去妓院吃喝嫖赌，没出三天就把我爹给的银子花了个净光……"

古雨亭万没想到陈三道竟是这么个家伙，真是听得又气又恨。

店老板继续说："那逆子花光银子后，又惦记上了这幅画，有天晚上趁天黑到我们家来偷，结果被我爹发现，他居然把我爹活活勒死。后来官府破案将逆子正法，才把画还给了我们。可打那以后，我们家的家道一直不顺，我们找阴阳先生求卦，先生说还是让我们早点把画卖了的好。"

古雨亭一听，立刻问："老板，这幅画您想卖多少银子？"

"当年我父亲是五百两银子买来的，现在我还是这个价。怎么？先生对这画感兴趣？"店老板一边说，一边看古雨亭脸上的表情，见古雨亭点头，他笑道："不过真是抱歉得很，三天前这画就有人要了，只是因为手头银子一时凑不齐，他借去了。"

"哦？"古雨亭问，"不知道那位买家是谁？"

店老板道："他说他叫梅花石,梅先生,喜欢收藏古画。"

原来是自己的老友要买这幅画,古雨亭顿时愣在那里好半天。他真后悔自己当初不该听信陈三道的花言巧语。想了想,他开口道："老板,这幅画我十分喜欢,您看能不能卖给我?"

店老板为难地摇摇头："那梅先生是交过定金的,我们做生意讲的是礼仪诚信,画要是卖给了你,梅先生来了,我如何向他交代?"

古雨亭笑着说："老板,不瞒您说,我就是苏州古雨亭,我和梅先生是老朋友了,他那边由我来解释,不会让您承担骂名的,您尽管放心。而且,我会再给您加些银子。"

店老板一听眼前的客人就是古雨亭,而且和梅先生还是老朋友,又能再加银子,这样的生意何乐而不为? 于是就爽快地点头应道："那好,既然古先生是大义之人,我为您担待一回骂名又有何妨? 这幅画就是您古先生的了。"说罢,两人立了字据。

古雨亭当即掉头回家,和夫人唐婉秋商量筹银子买画的事。唐婉秋听说要用这么多银子买一幅赝品,整个人都软了。古雨亭劝慰道："婉秋啊,我这回买的不是画,而是我古雨亭做人的根本和诚信,也是在赎罪啊。一幅赝品,两条人命,如今老友又要买它,我怎么能眼睁睁看着而无动于衷呢?"

唐婉秋是个知书达理的女人,这些做人的道理她都懂,可是毕竟要拿出这么多银子,她愁得直叹气："那你何不劝劝你的老友,就不要买那画了,直言相告,不行吗?"

古雨亭摇摇头,说："就算老友被我劝说了,这画我不买下,以后它还会在市面上流传啊!"

唐婉秋想想丈夫的话有道理,只得点了头。

接下来的日子里,古雨亭将房产变卖一空,唐婉秋也回娘家筹了一笔款子,加上原先的一些积蓄,总算把银子凑齐了。古雨亭带着银票来到画店,终于将《红梅傲雪图》拿到了手。

巧的是正当此时,梅花石兴冲冲地来了,一见古雨亭也在画店,非常高兴:"雨亭兄来赏画? 怎么不事先招呼我一声?"他看到古雨亭手里拿着的画,一惊,"怎么,雨亭兄先我一步捷足先登了?"

古雨亭把梅花石拉到一边,轻声说:"梅兄,实话告诉你吧,这画是赝品。"

"怎么可能?"梅花石瞪大了眼睛,"这上面有你雨亭兄的大印啊!"他气呼呼地质问店老板:"这画我已经付了定金,你为什么还卖给他?"

店老板本以为古雨亭来拿画之前已经给梅花石打了招呼,所以还想把梅花石原先的定金托古雨亭带给梅花石,没想竟出现眼前这景况,他不免尴尬起来,一边赶紧把定金塞还给梅花石,一边解释说:"梅先生请息怒,我因为听古先生说他和你是老朋友,一切由他担待,所以才敢把画卖给他啊!"

梅花石一听,更加气坏了,指着古雨亭的鼻子说:"哼,我原来一直以为你是个重友情、讲诚信的汉子,没想到你竟是个十足的小人!"

古雨亭一把拉过他,说:"梅兄,这事情三言两语说不清楚。走,我请你到'白云楼'喝酒去,咱们边喝边聊。"

可梅花石哪里咽得下这口气:"你把我当成什么人了? 哼,算我当初瞎了眼睛看错了人,从今往后,你我形同路人!"说罢,甩手就出门而去。

古雨亭追着老友的背影直喊:"梅兄,别走,你别走啊!"

梅花石仰天长叹一声,头也不回。

古雨亭站在那里泪如雨下。回家后,他一把火将《红梅傲雪图》化为了灰烬……

（黄廷洪）

（题图:黄全昌）

这个赝品有点玄

　　财政局的刘局长患绝症去世了,家中的这根大梁倒了之后,其后果是灾难性的。别的不说,单说他儿子刘心艺开的那家餐馆,原本生意挺红火,天天吃客盈门,餐餐要翻台,还有一些单位甚至先付后吃,硬是要一下子打进好几万元钱供餐馆周转,可谁知刘局长丧事一办完,餐馆生意立刻一落千丈,不要说平时那些老主顾一个个没了踪影,就是那些硬要先付钱的单位,也纷纷找借口把钱抽了回去。

　　对此,刘心艺除了咒骂发泄外,想不出还有什么别的法子可用。眼看餐馆快维持不下去了,他决定动用老爷子留下的书画收藏来救急。

　　刘心艺知道,父亲在当局长的数十年间从来不"笑纳"现金,但对书画精品则是"来者不拒",倘来人进贡的是身价不菲的古字画,父亲批条的笔挥得更快。后来,人们知道了父亲的这一癖好,于是就都纷纷投父亲所好。日子长了,父亲手里竟积下了百多件上档次的精品。斯人已逝,故物犹在!目睹那一大摞长长短短的轴子,刘心艺不由深深感慨父亲处世的高明!

刘心艺对书画一窍不通,看着这些画轴,他不知道该怎么办好,于是就特地挑了个时间去了趟艺术市场。真是不去不知道,一去吓一跳!艺术市场得到的信息,让刘心艺大吃一惊:去年拍卖会上,清代郑板桥的《手书五经》拍得550万,海上画派谢稚柳的《峨眉金顶》以103.5万港元成交,简直牛疯了!

刘心艺知道,这一类画,父亲也有,而且在父亲的收藏中还算不上是最好的哩!回来之后,刘心艺把父亲收藏的画仔细看了一遍,最后挑了幅明代大书画家董其昌的《寒江图》,去拍卖公司投石问路。因为父亲在世的时候,有一回曾经给他仔细讲解过这幅画,时至今日,刘心艺记得非常清楚。

听说是古画,拍卖公司的总经理眼睛发亮,可是他上上下下仔细看了一会儿,就毫不含糊地断定:"这不是真迹,是假的。"

刘心艺一听,竟连连点头,说:"总经理先生,你说得对,这的确不是真迹。不过这画的确是古画,还是有一定价值的。"

总经理似乎挺有兴趣地问道:"你倒说说看,它有什么价值?"

刘心艺于是便指着画上的落款,鹦鹉学舌般地把父亲当时给他讲解过的那些道道给重新搬了出来。他说:"董其昌,字玄宰。你瞧,这儿的'玄'字,缺了最后一笔。对某个字少写最后一笔,是避朝讳时采用得最多的办法,这儿显然是避清朝皇帝玄烨的讳了。由此推断,这幅画就是康熙年间的临品或赝品。作于那时的画,笔墨又足以乱真,时至今日怎么会没有一点价值呢?"

谁知总经理一听顿时哈哈大笑起来，说："我说老兄，你是刚过世的刘局长的公子吧？你这些话一定是从你老子那儿批来的吧？不瞒你说，令尊收藏的百余件字画，前不久他都给我看过。他自知将不久于人世，所以想委托我们公司尽快给他拍卖掉，他怕不懂字画的你会被人坑骗。可怜天下父母心呵！不过可惜的是，这些字画其实全是假货，而且都是现代版的伪画，作伪者都是本地人，这些人狡猾得很，他们精于画史，故意玩这种伎俩，就像这个'玄'字少最后一笔之类，就让人很轻易地落入他们的圈套。这些人我都知道，碍于行规，恕不奉告……"

刘心艺被总经理这番画说懵了，好久才回过神来。回想起来，父亲突然病情转重很快撒手西去，会不会与他从总经理这儿得知自己字画藏品的真相有关？确像是精神上先垮了似的。此刻，刘心艺仿佛能感同身受地想象出父亲当时绝望的心情：被那些献媚者愚弄，但自己却绝症缠身，失去了报复和惩罚他们的能力……这对父亲来说，是多么痛苦的事情。

想到这儿，刘心艺不由脱口骂出了声："这些混账王八蛋，老头子给了他们那么多好处，他们竟然这样对待他？"联想起自己餐馆正在经历着的"前后两重天"，他恨得牙齿咬得"格格"直响。

"这就叫'一物降一物'，其中的是非曲直，也许都不是你我所知道的啊！"总经理站起身来，表示他的接待已经结束，他对刘心艺说，"如果你肯出让，你父亲手里的那些假画我们还是要的，现金收购，每幅一百元，一口价。你考虑吧！"

说完，他点起一支烟，悠然地抽起来。他心里已经打好了算盘：若是真能以这个价格全部吃进，利润还是不薄的。眼下一知半解、附庸风雅的当官者多的是，肯定会有对他们投其所好者上门来求购……

（陈秋生）

（题图：黄全昌）

一幅古画

　　艾柏柳是玉雕厂的工人，人到中年却下岗了，所以家里的日子过得十分艰难。可"屋漏偏遇连夜雨"，就在这个时候，艾柏柳乡下的大娘去世了，大伯让艾柏柳回乡下一趟。

　　说起这大伯和大娘，其实他们都是艾柏柳以前老家村里的邻居，艾柏柳从小父母双亡，是大伯大娘将他养育成人的。

　　艾柏柳准备动身去乡下，他老婆在一旁嘀咕开了："呆子，这不明摆着让你给大娘拿安葬费么？弄不好，大伯以后还要你养呢！他两个亲儿子都不管，你打肿脸去充啥胖子？"

　　艾柏柳平时有点"妻管严"，可这种关键时刻他没有怕老婆，接到电话的当天下午，他就乘上县城开往乡下的汽车，回了老家。

　　果真被他老婆说中了！三天后，艾柏柳背着一个用床单系成的大包裹，带着大伯回到了城里的家。晚上上床时，老婆扭着艾柏柳的耳朵，简直气不打一处来："什么艾柏柳，'二百六'，还不如'二百五'呢！你真行，花了钱不算，还弄回家一个爹，你拿什么给他吃喝？咱女儿学费还差一半没凑齐呢！再说，咱这四十平米的房子本来就挤，现在又多口人……"

　　眼看着都半夜三更了，妻子一直嘀嘀咕咕唠叨着，吵得艾柏柳根本没法入睡。就在这时候，"咚咚咚"随着一阵门响，黑暗中走来一个人影，两口子惊慌地打开灯，一看，是大伯。

　　艾柏柳惊讶道："大伯，你这是……"

　　只见大伯手里拿着一个油布卷，脸上挂着两行老泪，说："你们拿去给孩子交学费吧！"

　　艾柏柳犹疑着接过油布卷，打开一看，里面是用蜡封口的一截茶杯粗的竹筒子；将竹筒子打开，是一层又一层的油纸；再将层层油纸打开，原来里面是一幅古画！

　　这时，艾柏柳妻子也凑了过来，两人小心翼翼地将这幅古画展开，只见鎏金的景泰蓝画轴，两米长、半米宽的画卷，画上画着一位孝子，正背着老人在赏月，那神态，那动作，以及背景山水，都画得是那么栩栩如生、惟妙惟肖。

　　大伯对艾柏柳说："这画是祖上传下来的，我和你大娘从来没打开看过，现在就给你了。"

　　艾柏柳原先在玉雕厂干了十多年，对书画藏品也知道点儿，他仔细端详这幅画的落款，不由惊叫起来："大伯，这会不会就是唐代大画家云阳真人的传世佳作'孝子图'啊？以前光听说，没见过。大伯，这怎么能行？如果是真迹，价值连城呀！"

　　大伯神情却显得非常平静，说："画传到我手里，我说了算，我那两个不孝的王八蛋不配有它。以后这画就属于你了，随你咋处置都行，这也是你大娘的意思。"

艾柏柳自从得到这幅画后，经常拿出来欣赏，爱不释手。妻子看他这副痴迷的样子，就嘲讽说："多看有什么看头？如果画是假的，你不是空欢喜一场？"

艾柏柳想想这话也不是一点没道理啊，于是一天中午，夫妻俩就找到当地博物馆，拿出"孝子图"，请那里的老专家鉴定。

那老专家对着画只看了一眼，就吃惊地问："你们这画是哪儿来的？"

艾柏柳赶紧将此画的来历说了一遍。

老专家说："这可能是唐朝大画家云阳真人'九孝图'中的第九幅图。云阳真人九年画了九幅孝子图，后人称其为'九孝图'，九幅中越往后的几幅，画技越娴熟精湛，所以就更难得了。如果是真迹，这幅画目前至少值二百万美元。"

艾柏柳和妻子一听二百万美元，差点叫出声来：这得值多少人民币呀！

两人正在发呆，老专家又开了口："是真是假，现在还不好断定。要不，你们耐心等等，让我仔细看看？"

见艾柏柳夫妇俩直点头，老专家便拿起放大镜，埋下头对这幅画仔细研究起来。前前后后差不多花了将近三个小时，期间还查阅了不少资料，最后他摇摇头，轻轻给夫妇俩吐出两个字："赝品。"

艾柏柳真不愿相信这画会是假的，回到家和大伯一说，大伯也说不可能，大伯让艾柏柳再找高人看看。听说省电视台有一个专门鉴定古董的栏目，叫《鉴赏古董》，艾柏柳于是就带着画去了省城。最后，经那里专家鉴定团几位专家的鉴定，一致确认这画是清代一位画家的仿作，虽是赝品，但按目前市场价，此画也值十万元左右。

大伯的两个亲生儿子，听说父亲将家传的古画给了艾柏柳，这天一大早，两个人就找上门来。他们一见大伯就说："你这个老不死,哪有你这么当父亲的?明明是我们家的祖传,你凭什么去给那小子?就是假的,也值十万元,也该有我们的份……"

大伯本来就因为是假画觉得丢了老脸,心里很郁闷,现在再加上两个不孝子这么一闹,心脏病犯了,送进医院后医生一检查,说:"老人必须马上手术,先交五万元押金。"

一听要交钱,两个儿子傻了眼,想想这种手术怕是五万、十万也不一定能拿下来,他们立刻借口家里正在农忙,拔脚就溜没了影。艾柏柳看着这对宝货直摇头,他拿出家里所有的积蓄,又东挪西借凑了四万多元钱,总算让医生把大伯的手术做了。日子虽然艰难,但艾柏柳始终没有把画卖掉,总觉得这是大伯大娘的东西,轻易不能动它。

大伯住院治疗期间,艾柏柳两口子轮流照顾大伯,艾柏柳的妻子虽然经常将"阴天"挂在脸上,可她这个人是"刀子嘴、豆腐心",心里还是热乎乎的,对大伯照顾挺周到。一个月下来,大伯苍白的脸一天比一天红润。

出院后,大伯坚决让艾柏柳将画卖掉,他知道艾柏柳手头不宽裕,孩子又要上学,为给自己看病还欠了别人不少钱。可艾柏柳却说:"大伯,你和大娘对我的养育之恩,我一辈子也报答不了,这画别管真假,既然是祖上传下来的,就留给两个哥哥,让他们传下去吧!"

这天,大伯的两个儿子又来到艾柏柳家。

老大说:"艾柏柳,有人说你将真画已经卖了,弄了一幅假画来骗我们。"

老二也说:"就是假画,也值十万,也有我们兄弟的份,去掉给老不死看病的钱,剩下的也该还给我们嘛!"

艾柏柳蹲在地上,气得一句话也说不出来。

他妻子实在看不下去了,指着他们说:"你们自己在屎盆子里洗澡,还说人家身上臭。人要是不要脸了,啥事都能干出来。

你们既然要我们还什么钱,那好,咱上法庭去说。"

老二一听上法庭,瞪着眼直嚷嚷:"明明画是俺家的!打官司就打官司,谁怕谁呀!"

事情终于闹上了法庭。法庭请专家对这幅画重新作了鉴定,结论是:此画虽是清代仿作,但仿技精良,品相很高,也具一定的收藏价值。法官语重心长地对大伯的两个儿子说:"这幅孝子图,顾名思义是让子女孝敬老人。你们两个作为老人的亲生儿子,都有赡养老人的责任和义务,希望你们好好考虑考虑,怎么把这个担子挑起来……如果你们两个都不能作出承诺的话,那么还有一个办法,就是:谁赡养老人,这幅画就归谁……"

法官说到这儿,艾柏柳在一旁实在忍不住了,大吼一声说:"法官,大伯由我来赡养,我愿意为他养老送终。但这幅画我不要,请求法官将画判给两个哥哥吧,他们家中也不富裕。我虽然下了岗,但凭手艺养活一家三口和大伯,应当没有问题……"

他正说着,一旁的妻子扯着他的衣襟小声说:"艾柏柳,你真是个'二百六'!"

大伯手里攥着画,眼睛看着他自己那两个低头不语的亲生儿子,气得浑身颤抖。他伤心得老泪纵横,对艾柏柳说:"柏柳,我和你大娘没白养你,你不要画,他们也别想要!"老人一边说一边撕画,撕呀撕,撕得只剩下了鎏金的画轴,老人还觉得不解气,又抓起鎏金画轴,狠命将它往地上扔。

只听"啪嗒"一声,鎏金画轴瞬间被甩断成了几截。这时,一个谁也没有想到的情景出现了:那鎏金画轴里竟然藏着一个油布筒!法官上去拿起油布筒,打开一看,里面居然包着一幅古色古香的画!经专家鉴定,它正是唐代大画家云阳真人的传世真迹孝子图。

这真是石破天惊哇!嗨,看来这官司还得打下去了……

（王润胜）

（**题图:王申生**）

这就是底价

　　有一个人很喜欢美术作品,尤其是欣赏画作,如痴如醉。他拼命地工作赚钱,拼命地节衣缩食,为的就是多买几幅新画。有道是"老天不负有心人",数十年下来,从伦勃朗、毕加索到其他著名画家的作品,他应有尽有。

　　他早年丧妻,仅有一子。俗话说,有其父必有其子。他儿子耳濡目染,也爱上了收藏,他对此感到十分欣慰,收藏名画成了他们父子俩共同的爱好。

　　有一年,这个国家突然卷入了一场战争,跟许多年轻人一样,儿子参军保家卫国去了。可是没多久,父亲就收到一封信,信上说:"我们很抱歉地通知您,令郎在战斗中牺牲了……"父亲顿时肝肠寸断,忍着剧痛断断续续把信看完,终于弄清楚了儿子牺牲时的大致情况。

当时，他儿子已经撤退到了安全地带，可是发现受伤的战友还在战壕外，于是就冲出去把他们一个一个背进来。就在背最后一个战友时，敌人的一颗子弹打中了他……儿子的死对父亲无疑是一个重大打击，他一下子苍老了许多。

一个月之后，圣诞节到了，但父亲一点也没有过节的心情，他实在无法想象，没有儿子的圣诞节该怎么过？

就在这时，门铃响了。父亲开门一看，是一个年轻人，拿着个小包裹站在那里。年轻人对父亲说："先生，也许您不认识我，我就是您儿子牺牲时背着的那个伤兵。"说到这里，年轻人的眼圈红了，一边把手里的包裹递给父亲，一边说，"我很穷，没有什么值钱的东西，我记得您儿子说过您爱好艺术，虽然我不是艺术家，但为了感谢您儿子对我的救命之恩，我为他画了一幅肖像，希望您收下。"

父亲心里一震，接过包裹，一层一层打开，把年轻人画的儿子的肖像捧在手里，然后转身一步一步上楼，来到画室，取下了壁炉前伦勃朗的画，把儿子的肖像画挂了上去。

父亲泪流满面地对年轻人说："孩子，这会是我最珍贵的收藏，对我来说，它比我以往任何一件藏品都值钱！"

一年后，忧郁的父亲还是没能经受住噩耗的打击，猝然离世，他收藏一生的画品将于这一年的圣诞节拍卖。消息传开，各地博物馆馆长和私人收藏家纷纷赶来，他们都想在这场拍卖会上投标。开拍这天，拍卖场上挤满了各式各样的人。

拍卖师郑重宣布："感谢各位光临！现在开始拍卖。第一件拍品，是我身后这幅肖像画。"拍卖师说的肖像画，就是一年前年轻人画给父亲的那幅。

会场上有些人就大叫起来："这不过是他儿子的画像。我们还是跳过这个，直接进入名画拍卖吧？"

拍卖师在台上威严地摇头:"不行! 先得拍卖这幅肖像画,然后才能继续。"

拍卖师这么一说,那些人只好不出声了,会场里安静下来。

拍卖师说:"这幅肖像画起价 100 美元。谁愿意投标?"

没人答话。

他又问:"有人愿意出 50 美元吗?"

还是没人答话。

拍卖师继续问:"有人愿意出 40 美元吗?"

仍然没人吭声。

拍卖师看起来神情有些沮丧,连声音都有些颤抖了,他问:"是不是没人愿意对这幅画投标?"

这时,一个老人站起来了,说:"先生,10 美元可以吗? 你瞧,10 美元是我的全部家当了。我是收藏家的邻居,我认识这个孩子,我是看着他长大的。说实话,我很喜欢他,我想买这幅画,10 美元可以吗?"

拍卖师说:"可以。10 美元,一次;10 美元,两次,10 美元,三次——成交!"

场上立刻爆发出一阵欢呼。然后,群情激奋,人们纷纷议论着:"嘿,现在终于进入正题了!"

可是,拍卖师却说:"再次感谢各位的光临! 很高兴各位能够来参加这个拍卖会,今天的拍卖到此结束。"

台下那些人全都愣住了:"这是什么意思? 正品一个都还没拍呢,怎么就结束了?"

拍卖师神情非常严肃,说:"很抱歉,各位,拍卖会真的只能到这里了。根据那位父亲的遗嘱,谁买了他儿子的画像,谁就拥有他所有的藏品。这就是底价!"

(秋　雨　改编)

(题图:箭　中)

古 瓶 怪 石

但凡旷世珍奇,都或巧夺天工,或暗藏玄机,或气势磅礴,其中奥妙精髓,恐怕也只有行家才能看出门道。

"轻骨头"石

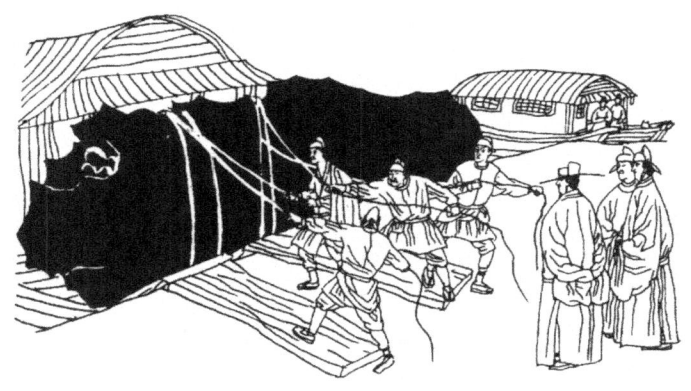

　　宋徽宗时候，有个叫张元济的，为官清廉，谨慎谦和，后来奉调到京城升任吏部高官之后，奉承他的人很多，他便不知不觉有些飘飘然起来。

　　张元济有个嗜好，喜欢玩石头。他在豫州任上曾得到过一块灵璧奇石，三丈多高，石质坚硬温润，纹理细致多变，奇峭挺拔，张元济把它当作宝贝一样，去京城时特地雇一条船带上。

　　这天，奇石运到京城，张元济亲自带仆人去河埠搬运，谁想奇石太重，仆人花九牛二虎之力，仍抬不上岸来。

　　这时，有个叫蒯聪的正好路过这里，见此情景便停住了脚。

　　蒯聪生性诙谐，很是机智，张元济让他帮忙想想办法，蒯聪笑着说："这好办。"

张元济让他说说有什么好办法，蒯聪说："您准备红绫一丈，笔墨一副，我来试试。"

张元济不知道蒯聪要红绫和笔墨做什么用，但还是让仆人赶快去府里拿了来。

只见蒯聪不慌不忙，提起笔，在红绫上龙飞凤舞挥就六个大字：天下第一奇石。然后，他把红绫披在奇石上，恭恭敬敬朝奇石作了一个揖，说声："石大人请起身！"接着，就指挥那些仆人用粗绳子把石头捆缚定当，喝道："起杠！"

这时，奇迹出现了！在众人一声发力下，奇石竟稳稳当当地被抬了起来。上岸之后，放在滚木上，众人一路撬推，终于把它运到了张府。

事后，张元济觉得这事儿简直太不可思议了，第二天他特地去问蒯聪："你是不是使了什么法术，让石头变轻了？"

蒯聪只是笑了笑，没有回答。

张元济忍不住再问，蒯聪大笑起来，说："大人，您不知道，这世上随便什么东西，只消凭空抬它一抬身价，它便会骨头一下轻起来，这石头也难免俗。所以，我给它戴了顶'天下第一奇石'的帽子，它分量就轻了一半，不就可以让人轻轻抬起来了吗？"

张元济听出他话中有话，顿时满脸通红，呆愣在那儿，半晌没说话。

后来，有人私下说起这事儿，蒯聪说："其实我细看这石头，无论如何也不过千把斤重，十几个人摊上，每人不过百十来斤，哪会有抬不起的道理？只是因为开始绳子捆得不得法，众人难以齐心用力，我给调整一下，就好了。至于红绫上挥墨，那不过是给张大人开个玩笑罢了！"

自打此开始，张元济待人接物又变得谦和起来。

（元　严）

（题图：俞耀庭）

　　这一天,乾隆在南书房批奏章,一连批了十几份,全是些鸡毛蒜皮的事,心里就有点烦。他的贴身小太监齐六是个机灵坏子,一看皇上精神不济,"啊欠"故意打了个大喷嚏。

　　乾隆一惊,厉声骂道:"大胆,不知道朕在看奏章吗?"

　　齐六赶紧回话:"奴才不敢。昨天奴才不当班,告了假去看奴才三舅妈的亲家的表侄婆媳妇,只因喝了点酒,回来晚了着了凉,所以才打喷嚏,惊着了皇上,奴才该死。啊欠! 皇上您瞧,又一个!"

　　乾隆被齐六说来了兴趣,问他:"你出宫看婆媳妇,有什么新鲜事儿讲给朕听听吗?"

　　嘿,齐六其实早编好了词儿,就等着乾隆问呢! 他赶紧回答说:"回皇上,娶媳妇没什么新鲜,倒是我三舅妈的亲家的表侄是干什么营生的,皇上您猜不出来。"

乾隆一听嗓门就响了:"别跟我卖关子,他还能跑出七十二行去?"

齐六说:"跑是没跑出去,说着也简单,是卖东西的。"

乾隆一听:"嗨,绕了这么个大圈子,敢情是卖东西的。卖东西的有什么新鲜?"

齐六说:"卖东西是卖东西,可他卖的东西少有,不卖米,不卖面,不卖布,不卖炭.不卖醋,不卖盐,不卖茶,不卖棉……"

乾隆不耐烦地截住齐六的话头说:"别绕脖子了,到底是卖什么的?"

齐六不急不慌地说:"回皇上,是卖古董的。"

"卖古董?"乾隆眼睛一亮,"卖什么古董?"

"回皇上,"齐六说,"卖的古董有字画儿,有玉器,有珠宝,有老瓷儿……"

乾隆一摆手:"别说了,更衣——瞧瞧去!"

齐六巴不得跟皇上去宫外边遛遛,没准儿赶上皇上高兴还有赏钱呢!于是他麻利地给皇上换了便衣儿,不一会儿,主仆俩就来到前门大街西边的一条街上。

这地儿做买卖的就好扎堆,一溜净是卖古玩的,有纸墨笔砚、古籍旧本、青铜漆器、扇骨扇面、竹木牙角等等,东西还真不少。可是乾隆溜溜达达拿眼一瞥,这些小贩的所谓宝物在他眼里全是破烂,宫里什么宝贝他没见过啊?

走着走着,齐六说了声:"爷,到了。"乾隆抬头一看,眼前倒是一亮,新开的店铺,门面簇新,进得店堂,窗明几净,跟那些小摊相比,这儿要正规多了。乾隆不由点点头:这还像个做买卖的。

一个年轻的掌柜忙不迭地迎上来,拿一把拂尘给乾隆掸灰。

其实乾隆身上哪有灰啊,掌柜这就是个热情劲儿,乾隆心里不由高兴了一分。

年轻的掌柜又一抬手,指指中堂前的太师椅,说了声:"爷儿,您请坐。"

乾隆一瞧,认出这太师椅是明代正宗花梨木的,看来这店家有点意思,他心里又一喜,就大摇大摆坐了上去。

这时候,一个十八、九岁、头发梳得溜光、身穿一身红裤褂的小媳妇,给乾隆端上来一个盖碗,腼腆一笑,说声:"爷儿,您喝茶。"

乾隆看这小媳妇,红扑扑的脸蛋儿跟大苹果似的,白里透着红,红里透着喜兴,心里就又高兴了一分。再看这盖碗,是地道的明代景德年间的青花瓷,打开盖儿一闻,香味扑鼻。"好茶!"乾隆此时早已是笑容满面,心里十二分的舒畅了。

再细看眼前这个二十多岁的年轻掌柜,全不像刚才街上见到的那些蓬头垢面、破衣烂衫的小贩,他穿一身簇新的青布裤褂,足蹬礼服呢布鞋,头戴瓜皮小帽,面色白嫩,倒像个书生。齐六赶紧给乾隆介绍:"爷儿,这就是我三舅妈亲家的表侄,叫金三,刚才端茶的是他刚过门的新媳妇。"

夫妻俩恭恭敬敬地站在一边,金三见乾隆喝了几口茶,放下了盖碗,马上殷勤地说:"爷儿,您瞧瞧货?"

乾隆此时心情大好,立刻点点头,起身跟着金三去看他说的那些"货"。齐六紧随其后,搭讪着问这问那,乾隆指指点点,什么"颜筋柳骨",什么"文沈唐仇",齐六对此一窍不通,却听成了"胭脂头油"、"蚊子糖球"。不过他这胡乱一插问,反而逗得乾隆分外高兴。

看着看着,突然乾隆收敛起了笑容,紧盯着一个大概是涮笔用的笔洗,问金三:"这是官窑钧瓷?"

金三连忙答话:"爷儿,这不是官窑钧瓷,是宋代民窑鼓钉洗。"说着,他小心翼翼地把笔洗拿给乾隆看。

齐六忍不住在旁边嘀咕了一句:"不就是个破碗吗?"

乾隆此刻没工夫再和齐六逗闷子了,翻来覆去捧着笔洗仔细观瞧,舍不得放下。乾隆发现,这笔洗别看年代久远,却光泽鲜亮,通身红紫釉和青紫釉浑然一体,外沿还有一圈凸起像鼓钉一样的金黄色小疙瘩。怪不得叫它鼓钉洗哩!"漂亮!漂亮!"乾隆一边赞叹一边心想:我皇宫里宋代汝官哥定钧五大官窑瓷器还少吗?可比起这件民窑,它们还真略逊一筹啊!

乾隆正欣赏着哩,突然,"啊欠"齐六又一个喷嚏打得山响,乾隆猛一惊,捧着笔洗的手一抖,只听"啪"一声,笔洗掉到地上被摔了个粉碎。齐六顿时吓得魂飞魄散,金三心疼得脸都白了。

可是乾隆非但不怒,反而朗声大笑起来,随口吟出两句诗来:"手捧欲求之,落地为瓦石。"他对金三说:"可惜,可惜,无缘把玩,定是天意。不过,按做买卖的规矩,这笔洗当算我买下了,银子加倍。"说完,他向齐六努努嘴。

齐六忙不迭地拿出银子给金三。临走,乾隆还叫齐六额外再拿一百两银子作为结婚贺礼,给新媳妇买衣服。

待乾隆回宫后,当今圣上买鼓钉洗前前后后的事儿,就在京城长了翅膀似的一下传开了。金三于是便借乾隆的金口玉言,把店给起了个"瓦石山房"的字号,从此这买卖就甭提有多火了。

齐六呢,赶上乾隆高兴,不但那天没受罚,日后还得了金三给的一百两银子的酬劳。您猜怎么着?原来,这齐六在金三结婚酒席上夸下海口,说能把皇上请来给金三新开的店铺捧场,把乾隆引出宫其实是齐六暗中策划好的,乾隆还真被蒙在鼓里了啊!

（贾福林　搜集整理）

（题图:蔡解强）

贵妃石

　　早年间,有个叫"和宝斋"的铺子,专门经营古玩字画。

　　这天,老板陈柏涛到城郊清水河畔踏青,偶然捡到一块石头,看上去像只葫芦,滑溜溜透着青光,非常可爱。他想:这东西虽不是什么稀奇宝贝,做个镇纸还可以。于是就揣在兜里,带了回来。

　　陈柏涛和妻子花春红两口子为人厚道,平时做生意很讲信誉,尤其是花春红,眼力好,头脑灵,人也长得俊俏,里里外外都操持得井井有条,附近人家有什么值钱的东西,都愿意寄放在他们这儿代卖,他们只收少许费用,决不赚昧良心的黑钱,所以和宝斋在城里便渐渐有了名气。花春红能干,陈柏涛就落得个逍遥自在,闲时无事就下下棋,吟吟诗。

这天晚上，花春红早早地睡了，陈柏涛独自在油灯下看书，灯光摇曳，忽明忽暗。这年头，洋油既贵又差劲，他轻叹一声，顺手拿起桌上的青石葫芦，用葫芦上的尖蒂去拨灯芯。他想把灯拨亮一点，没想这青石葫芦里突然泛出柔绿的光来，随即就有个人影在葫芦里晃动起来。

陈柏涛吃了一惊，凑近细看，是一个女人的身影，容貌端庄，体态婀娜。他简直看呆了，又试着把青石葫芦放回到桌子上，人影立刻就消失了。试了几次，回回如此，他发现这真是一块奇妙的石头，看似一个普通的石葫芦，可只要葫芦尖蒂一受热，就会立即现出女人的身影来，而且还会不断变换身姿，神情沉醉，腰肢款摆，煞是迷人。

这是捡到宝贝了啊！陈柏涛忍不住把老婆花春红推醒，两人在灯下把玩了大半夜，知是无价之宝，非常兴奋，因人影颇像唐代的杨贵妃，他们就把这块石头取名为"贵妃石"。两人说好了，无论如何都要保护好这件宝物，绝对不能让第三者知道。

再说和宝斋对面，近儿新开张了一家古书铺，老板姓姚名重，写得一手好字，会画几笔水墨写意花鸟，还有一个大爱好，就是下围棋。这正对了陈柏涛的胃口！陈柏涛的棋，这几年在城里几乎没有对手，正郁闷着呢，现在来了旗鼓相当的对手，两个人一盘棋能下大半天，开饭时封了棋，饭后再接着下。他们下棋的地点也不讲究，有时在陈柏涛的和宝斋，有时在姚重的古书铺，有时就在铺子门口街边上。

后来，就是不下棋的时候，两人也喜欢在一起，一人一杯"碧螺春"对饮，谈谈诗书，聊聊城里各家字号的镇店之宝。花春红经常劝陈柏涛：悠着点，人家姚老板还要做生意哩！

也该有事。那天花春红回娘家去了，夜晚陈柏涛就招呼姚重过来饮酒下棋。酒至半酣，两人摆开了棋局，一阵黑白缠斗，姚重连输三盘，陈柏涛兴致大作，便从里屋拿出一瓶珍藏的陈酿老烧来，两个人又是一阵浅斟慢饮。

姚重醉了，陈柏涛也醉了。姚重拿起桌上的画笔，"刷刷刷"眨眼工夫就画了一丛娇艳欲滴的红牡丹；陈柏涛也拿起笔，"刷刷刷"在上面题了四句诗：一笑贬谪苦，武皇奈若何？洛阳灵秀地，岁岁春风多！随后两人掷了笔，相视一眼，哈哈大笑。

陈柏涛一阵耳鸣脑热，还嫌不过瘾，就说："姚弟，人生得一知己足矣，为兄让你见识一件宝物，养养眼！"他说着，拉下窗幔，小心翼翼地取出一方锦盒，锦盒里自然就是那块贵妃石了。

姚重一看，连连称奇，翻来覆去地摆弄，爱不释手地说："小弟今天真是开了眼啊！"

花春红回来后，陈柏涛自知自己酒后糊涂，不敢把给姚重看石头的事告诉她。好在姚老板是个极明事理的人，从此没有再提及此事，大家依然相安甚好。后来姚重要回老家上海去了，陈柏涛还在醉仙楼置了一桌酒菜，为他饯行。

一晃六年过去了，日本的侵略战火燃遍了大半个中国，很快就占领了这座城市。和宝斋的生意一天不如一天，小伙计们都散了，陈柏涛和花春红两口子决定把和宝斋关了，收拾收拾，到花春红的娘家去。花春红的娘家在山里，比城里安全，可谁知他们还没出门，就被一群日本兵捉去了。

被日本兵捉去的人陈柏涛都认识，都是城里古玩店的老板，他们面面相觑，都弄不懂是怎么回事。

这时候，有个日本兵出来发话说："各位不必惊慌，现在中日亲善，我们太君摆弄古玩大大的，今天把各位请来，就是要让你们把自己的宝贝拿出来，让我们太君玩玩的。"他特别点了几家字号的镇店之宝，要求限时送到。

这些古玩店的老板听了日本兵的这番话，又害怕又吃惊。害怕的是，日本兵歹毒，如果不拿出来，以后就别想再过安生的日子；吃惊的是，他们怎么把大家的底子摸得这么清楚？

场上的空气顿时紧张起来,陆续就有人战战兢兢地回去拿来了镇店之宝,交了之后果然就可走人;也有些个断然拒绝的,当场就被狼狗撕了,那情景真是惨不忍睹。

日本兵没有点名让陈柏涛夫妇交出什么,只是把他们带到另一个房间。只见房间内布置得极其雅致,中堂挂一纸扇,上画一枝牡丹,附诗一首,正是当年陈柏涛所作。

陈柏涛惊讶万分,正自猜疑,屏风后踱出一人,竟是姚重:"兄嫂别来无恙?"

"姚弟?"陈柏涛一惊,"什么时候来的?"

"哈哈!"姚重大笑,"我不姓姚,也不是上海人,我本名山口一郎,东京人氏,现任大日本帝国皇军大佐。"

"你……"陈柏涛夫妇大惊。

"念二位是旧交,只要交出贵妃石,我保证不为难你们。"

花春红回头瞪了陈柏涛一眼,陈柏涛又羞又恨,脸憋得通红。

"你们好好想想,交还是不交?"姚重,也就是山口一郎,口气里明显藏着杀气。

"呸!"陈柏涛狠狠地朝地上吐了一口唾沫。

"交!"花春红说,"命都在人家手里了,为什么不交?"

"你?"陈柏涛气得朝花春红一跺脚,花春红却装作没看见,两只眼睛顾自盯着墙上的牡丹图。

山口一郎大喜过望:"好,嫂子是个明白人!"于是,他把陈柏涛留下来做人质,自己迫不及待地跟着花春红回去拿贵妃石。

约莫过了一个时辰,山口一郎喜不自禁地回来了,一面扬着手里的贵妃石,一面对陈柏涛说:"嫂子果然守信用,陈兄请便吧!"

"强盗!"陈柏涛气狠狠地在心里骂了一句,摇头叹气地走出了日本人的兵营。

花春红在外面等着他，一看他出来，拉着他就七拐八拐扎进一条老弄子里躲了起来。

陈柏涛一个劲地埋怨自己："没想到这家伙竟是个日本人，我真是瞎了眼了！"

花春红说："身外之物，生不带来、死不带去，你何必为这个事自责？"

陈柏涛说："只是便宜了那家伙，我怎么咽得下这口气？"

"未必，"花春红笑道，"石头是有灵性的，如果有缘，我们还会遇到它。"

陈柏涛问："此话怎讲？"

花春红对他悄悄一阵耳语，陈柏涛看着老婆，连连点头。

再说山口一郎得了贵妃石之后兴奋至极，晚上就紧闭房门，焚一炷檀香，沏一壶浓茶，独自在灯下赏玩起来。第二天中午，侍卫见他迟迟没有起床，就去敲门，敲了半天不见动静，赶紧报告上司。众人破门而入，吓了一跳，只见山口一郎直挺挺地躺在床上，身体已冰冷多时。日本人查来查去，查不出山口一郎的死因，这件事只好不了了之。而且他们压根就不知道贵妃石是件宝物，只当是块寻常石头，根本没将它放在眼里……

后来，陈柏涛和花春红在朋友的帮助下几经辗转，跑到外地做起了小买卖，勉强糊口度日，直到日本人投降，才重新回到老家。

陈柏涛回老家后的第一件事，就是到当年山口一郎的住所，翻遍了大大小小的角落，可就是不见贵妃石的影子。没了镇店之宝，他茶喝不香，觉睡不稳，虽然和宝斋重新开了张，可总觉得少了点什么。

一天，陈柏涛在一老友处下棋，适逢厢房起火，众人四散而逃，老友的儿子却被困在火中，急得哇哇大哭。陈柏涛一看，顾不得多想，闯进浓烟烈火里冒死把孩子救了出来。就在转身要离去的当儿,他突然愣住了,发现那孩子手中握着一块葫芦状的青石头,不正是贵妃石吗?

老友说:"这是我老婆前几天在地摊上花二十块钱买的,若是不嫌弃的话,就送给你吧!"

陈柏涛大喜过望,接过石头,称谢而去。

回到家里,陈柏涛拿起石头细瞧,葫芦蒂上果然有一天然小孔。当年,花春红为防万一,从这小孔里灌进一种她娘家人猎狼用的剧毒药物,然后用蜡封上,那晚封蜡遇热即熔,山口一郎就是闻了气化了的毒药之后一命归西的。

贵妃石如此失而复得,陈柏涛和花春红百感交集。

(叶　强)

(**题图:黄全昌**)

"鬼市"上的宝

城里有个旧货市场,每天天不亮就聚集了很多人,他们在这里进行旧物买卖,东一摊儿、西一伙儿,卖什么的都有,只有想不到的,没有见不到的。不过到天大亮的时候,集市就散了,所以当地就有人把这个集市戏称为"鬼市"。

有个叫王小六的,经常到鬼市上来转悠。这天他又起了个早,到集市上转了半天,发现西南拐角处那儿蹲着个青年,面前摆着个瓷瓶,便走过去,蹲下身子,端起瓶子打量起来。

这瓷瓶一尺来高,瓶身是青花缠枝莲的图案,瓶底没什么款。王小六跻身古玩市场也有两年多了,凭直觉,他觉得这瓷瓶是一件官窑老瓷器,心不禁"怦怦"跳了起来。他使劲儿稳了稳神,又悄悄瞥一眼那青年,见他平头,格子衫,裤子上全是泥,一看就不是本地人。

那青年见王小六这样子,张口问他:"怎么样,真想要?便宜点给你吧!"

一开口,满嘴的外地口音,王小六心想:这瓷瓶八成不是正路上来的,要不哪有这么卖的,还没侃价呢,就自己先贱卖了?不过这王小六挺会抓机会,好话歹话一块儿说,又是哄又是诈的,最后花二百块钱把瓷瓶买了下来。

回到家里,王小六把瓷瓶放在桌子上,又仔仔细细地端详起来,越看越判断这东西可能是明代器物,瓷质如此细腻,开片又那么均匀。但他有点拿捏不准,便想到了师傅老刘,如果老刘也认定这是明代器物,那就说明自己的眼光像回事儿啦!想到这儿,王小六赶紧用毯子将瓷瓶裹了,抱着它兴冲冲地跑去找老刘。

老刘一看到这个瓷瓶就愣住了,随后取出放大镜仔细看,站在一旁的王小六心里紧张得"怦怦"直跳。好半天,老刘终于开口道:"哪儿来的?这是明永乐年间官窑产的。"

王小六两眼瞪得老大。

老刘继续说:"前两年在香港拍卖会上,同样一只瓷瓶,被拍到一百六十万。你这只,少说也值一百万。"

王小六简直听傻了,想不到这只瓷瓶不但是真家伙,而且还能值这么多钱。他像是在梦里,半信半疑地问:"师傅,真的?"

"你说呢?"老刘看着王小六的眼睛说,"我现在带你去拍卖行转转,正好他们请我老师陈老去鉴定一批古董,你把这个瓷瓶带上,让他们开开眼。"

王小六急忙去捧瓷瓶,激动得两只手直抖,老刘嘱咐说:"稳住了!摔了就不值钱了。"

到了拍卖行,一个矮胖子老远就迎出来:"老刘!里边儿请,里边儿请,陈老已经到了!"那矮胖子是拍卖行的经理,他客客气气地把老刘和王小六迎了进去。

矮胖子经理说的"陈老",就是老刘的老师,叫陈正阳,是本地收藏界的权威,七十多岁了,今天拍卖会,陈老是被邀来替他们做鉴定的,每每这种时候,他都会让他的学生一起参加,老刘便想借这个机会给自己长长脸。

屋里,陈老正趁拍卖会前的空闲时候给大家说着收藏圈内的掌故,老刘进去给大家一一打招呼之后,就得意地说:"陈老,我今天带了个东西来,给大家瞧瞧。"他回头招呼王小六:"小六呀,快把东西拿出来!"

王小六小心翼翼地把手里的包袱放到桌上,把裹在外面的毯子打开,众人都好奇地围上来,打量了又打量,都等着陈老开口。只见陈老仔细地看了会儿,把瓶子拿起来,在手上转了一圈,又用手在瓶子里外两面摩挲一阵子,突然猛地就朝地上摔去,只听"咣唧"一声,瓷瓶被摔得粉碎。

"陈老,你……你……"老刘顿时脸色惨白。

王小六"妈呀"惊叫了一声,众人也都吓傻了眼。

只见陈老不慌不忙弯下腰去,从碎瓷片中拣起一片,递给老刘,说:"你看看,这上面是什么?"

老刘接过一看,瓷片内面印着一方小章,是阴文蝇头小篆"正阳"二字。这不就是陈老陈正阳的章吗?他惊疑万分。

陈老说:"这个瓷瓶是我多年以前特地做的,当时年轻气盛,做出来想以假乱真给行家们难堪的,没想到……唉,现在想想,再怎么有理由也不应该这么做,如果我不把它处理掉,以后不知又会蒙骗住多少人呢!买瓷瓶的钱我给,但假货一定要彻底毁了。"

众人一听,恍然大悟,于是便都哈哈笑开了。

矮胖子经理冲着老刘说:"老刘啊,你就老老实实当陈老的学生吧,要学的东西多着哩……"

（痴　凤）

（题图：魏忠善）

成 就 之 星

老皮特是珠宝公司的手工艺人,他做的珠宝首饰几乎遍布全球每一个角落,件件都堪称艺术珍品。不过,毕竟年龄不饶人,近来老皮特明显感到力不从心,所以他向顶头上司威格多递交了退休申请。

过了几天,威格多把老皮特叫到办公室,说公司总经理威廉先生已经同意他退休,但请他临走前能再接最后一次任务。说着,威格多打开身后的保险箱,小心翼翼地从里面拿出一个小红包,并把它打了开来。

老皮特顿时只觉眼前一亮!小红包里是一块未经雕琢的钻石原料,看上去灰头土脸的,一点也不起眼,但经验告诉他,这是一块罕见的极品,价值连城。

　　威格多把小红包递给老皮特,说:"这块钻石原料堪称'成就之星',可以雕琢一大二小三颗钻石,公司认为只有你才配接受这个任务,也只有你才能完成这个杰作。"

　　老皮特点点头,随后接过小红包就走进了自己的工作室。他把自己反锁在里面,一连数十天除了吃饭轻易不出来,就是吃饭出来那会儿,也把门锁得死死的。外面的人根本不知道他在里面怎么干,唯一能听见的就是机器打磨钻石发出的尖叫声,日夜不停。

　　终于,在一个阳光明媚的早晨,老皮特工作室的门打开了!老皮特从里面走出来,大家突然发现,他原本花白的头发此刻全白了,仿佛一下就老了十几岁。

　　老皮特蹒跚地来到威格多的办公室,轻轻地把小红包放在他的办公桌上。威格多打开一看,哇!三颗美艳无比的钻石,晃得整个房间都亮堂起来。最好的原料,加上最好的艺人,使这三颗钻石熠熠生辉。

　　威格多对老皮特说:"太完美了!总经理的意思,给你三个月的时间,请你以这颗大钻石为坠,做一条项链,两颗小钻石可以把它们嵌在链子上。完工之后,总公司要专门召开一次发布会,所以这个任务无论对你还是对总公司,都很重要。"

　　老皮特点点头,可谁知他刚伸手想要去拿钻石,威格多却抢先一步把手压了上来。威格多眼睛里闪着贪婪的光,低声对老皮特说:"这三颗钻石的价值,你比我清楚。你马上就要退休了,为了你全家今后的生活,我们不妨悄悄做一次交易。"他说到这里顿了一下,看看老皮特脸上没有什么反应,又继续说,"我手头正好有两颗小钻石,颜色、大小都可以与这两颗乱真。你趁机将它们调换一下,凭你的名望,将来没有人会怀疑它的真伪。至于报酬嘛……"

　　"嘿!"谁想威格多话还没有说完,老皮特就朝他冷笑了一声。老皮特一把推开威格多的手,取回红布包,然后轻蔑地朝威格多撇撇嘴,就头也不回地走了。他又一头钻进了他自己的工作室,把威格多一个人傻愣在那里。

老皮特与珠宝打了一辈子交道,头脑里从来未曾起过一丝杂念,这次当然也如此。他知道这是他这辈子最后一件作品了,于是使出了毕生所学,一丝不苟,做得特别用心,他感觉这根项链就好比自己的儿子,容不得有半点缺陷。

这天深夜,老皮特静静地坐在工作室里,他快要成功了——只需把两颗小钻石镶嵌到链子上,他就大功告成了。可是,就在用镊子小心地夹起小钻石时,他的脸色顿时变得惨白,手也不由自主地抖起来。因为他发现,这两颗小钻石是一般人很难辨出真伪的假货。

老皮特的脑子飞速运转起来:放钻石的红布包是自己亲手从威格多手里拿过来的,回来以后又放得好好的,是谁调了包,又会是什么时候调的呢?老皮特想来想去想不明白,他眼前突然浮现出威格多说要换钻石时那贪婪的眼光,会不会是威格多玩的鬼花样呢?眼看明天就要交工,总公司还要开发布会,如果不能按时交货,公司信誉将毁于一旦。怎么办?老皮特陷入了沉思。

其实,这两颗小钻石只是镶嵌在链子上,对整条项链来说微不足道,就是用了假的,也不至于会影响到什么。可即使这样,威格多也不能这么害人哪!老皮特心里越想越生气,拿钻石的手抖得厉害,他真想去找威格多问个明白,但最后还是忍住了。威格多既然做得出,他又怎么会承认?

第二天,总公司的发布会如期举行,大家都想看看老皮特的收山之作,至于这条项链的归属,当然也是大家的兴趣所在。

只见威格多走上台,宣布会议开始,他说:"今天,成就之星项链就要与大家见面了。按照惯例,我们专门请来了本地最有名的珠宝鉴定专家,他会对整条项链包括每一个细节,进行权威性的真伪鉴定。"说到这里,威格多顿了一下,意味深长地瞥了老皮特一眼。

台下顿时一片哗然,大家没有想到竟然还要对老皮特的作品进行真伪鉴定。

老皮特面无表情地坐在那里,手里紧紧捧着一个红布包。

总经理威廉先生坐在离老皮特不远的地方,威廉先生的神情似乎有些复杂,他若有所思地看了老皮特一眼,然后朝威格多点点头。威格多的声音于是提高了八度:"现在,请我们尊敬的皮特先生向大家展示他的收山之作!"

威格多话音刚落,记者们就拥了上来。

老皮特一下激动起来,可不知为什么,他非但没打开红布包,反而把它捧起来捂在胸口,又低下头去吻了好久,然后,才颤抖抖地走上台,把这个红布包捧到鉴定专家面前,打开。

哇!一条美轮美奂的项链出现在了大家的面前,不但镶嵌在中间的大钻石熠熠生辉,链子上还镶嵌着两颗耀眼的红宝石,犹如点睛之笔,使整条项链闪烁着天使般的光芒。

威格多看得眼睛都瞪直了!因为那两颗小钻石确实是他悄悄换走的,他知道假货瞒不过老皮特的眼睛,可万万想不到老皮特会用这两颗红宝石来救急。

公司里的人都知道,老皮特和钻石打了一辈子交道,真正属于他自己的,就只有这两颗红宝石,这是他和老伴当年的结婚信物,而老伴早在五年前就已离他而去。

昨晚,老皮特是流着泪把这两颗宝石镶上去的呀,为的是让成就之星名副其实。

当珠宝专家宣布这是一件无可挑剔的真品时,老皮特已经被总经理威廉先生紧紧拥入怀中。

威廉先生激动地说:"成就之星是我们家族的祖传物,是要奖给对公司贡献最大、并且德艺双馨的人。可是一百多年了,没有人有资格获得它。威格多先生已经把关于皮特先生制作这条项链前前后后的事情向我报告了,这一切做法,都是我的授意,可能不尽妥当,却是我们真诚的寻找。现在,我要告诉诸位的是:皮特先生的人格和他的作品一样,晶莹剔透,无可挑剔。因此,我履行我父亲的遗嘱,把这件祖传之物作为公司的'终身成就奖'颁发给他。毫无疑问,无论从哪方面来说,这都是他最后的杰作。"

"哗——"全场立刻爆发出一阵雷鸣般的掌声。

老皮特愣住了,惊愕地看着威廉先生,眼泪顺着他满是皱纹的脸滑落下来……

（文　华）

（题图:箭　中）

催命的鸽声

　　威尔大学毕业那年正赶上战争,到部队当了一名工兵。战争结束后,他热衷于摄影,后来常常给藏品拍照,因此结交了一些收藏家朋友。耳濡目染,他发现古玩生意能发大财,于是就梦想哪一天自己也能得到个宝贝,一夜暴富。

　　说来也巧,不久以后的一天,威尔在一家缅甸人开的旧货店里,花五十美元买下一只瓷杯,拿回家后发现,这杯子到晚上竟会发出瓦蓝色的幽光。威尔心里很激动:自己会不会是捡了个大便宜?于是就去请教新近认识的收藏家朋友德连。

　　德连拿起这个瓷杯,上上下下、左左右右看了个遍,威尔在一边瞪眼看着他,就像在法庭上等待审判似的,心里很紧张。只见德连越看越兴奋,最后对威尔说:"有意思,这东西非常有意思,它看上去像杯子,其实不叫杯,叫樽,是中国古代一种盛酒的器皿,距今至少有一千多年的历史。"他还告诉威尔,这东西有点像传说中的"鸽音樽"。

"鸽音……樽?"威尔还是第一次听说樽这种东西,至于鸽音樽,更是闻所未闻。

德连给他解释说:"传说中国宋代钦宗时候有个后宫娘娘,她手里有个瓷樽,是件宝贝,只要往瓷樽里倒酒,瓷樽就会发出像鸽子一样'咕咕咕'的叫声。不过后来因为钦宗皇帝被掠,这宝贝从此就没了下落。所以嘛……"说到这儿,德连眼睛发亮,"咱们现在就来做一个试验……真要就是个鸽音樽,你可是发财了哇!"

"真……真的?"威尔顿时激动得浑身的血液直往头上涌。

德连从柜子里拿出一瓶酒来,先往瓷樽里倒一点,没动静,又倒一点,还是没动静。他看了看威尔,屏住气,"咕嘟咕嘟"把半瓶酒倒进了瓷樽,可仍然没有任何动静。德连沮丧极了,长长地叹了口气,摇着头对威尔说:"仿制品,没戏。如果是真品,一百万我都敢拿下。算了,就算我刚才的话没说,你买也买了,别搁着,当酒壶用吧!"

威尔被德连这么一说,眼看就要到手的美梦做不成了,差点儿哭出来。回到家中,他心灰意冷,把瓷樽往桌上一放,一个人趴在那里闷头喝酒。看一眼瓷樽,喝一口酒;喝一口酒,又看一眼瓷樽。喝着,喝着,他实在喝不下去了,想起德连做的试验,便把酒杯中喝剩下的酒悉数倒进瓷樽,又从瓷樽里倒回酒杯,他一边叹气,一边就这么来来回回地倒……嘿,就在这时,奇迹出现了!威尔的耳边响起了一阵"咕咕咕咕"的鸽叫声。

威尔愣住了!回过神来,赶紧再往瓷樽里倒酒,耳边又响起一阵"咕咕咕咕"的鸽叫声。威尔激动啊,跳起来忙给德连打电话。谁知他还没开口,德连就在电话那一头说:"年轻人,难受了吧？唉,谁让我们成了朋友呢？这样吧,我出五千买你这个仿制品,就算帮你入门付一次学费吧！"

威尔听了嘴一撇,说:"什么仿制品？告诉你,这可真是个鸽……鸽音樽,刚才我听到鸽子叫了呢！不信的话,我现在拿过来给你看。"威尔挂了电话,捧起鸽音樽就又去了德连家。

威尔叫德连关门闭户,尽量不让鸽音樽受外面声音的干扰,随后就来来回回地往鸽音樽和杯子里轮换倒酒。可是奇怪啊,他两只手都倒酸了,鸽音樽却没有半点动静,威尔真恨不得自己变成鸽子钻进瓷樽里去叫几声才好。

威尔狼狈极了,最后只好在德连的嘲笑声中离开。可事情怪就怪在,他回家之后,只要往鸽音樽里倒酒,鸽音樽就"咕咕咕咕"地叫,屡试屡中。威尔于是断定自己手里这个鸽音樽绝对是个真家伙,为了让德连信服,他特地又试了一回,把鸽音樽的叫声录下来,然后使出浑身解数,为鸽音樽做了一个铁箱。德连不是说过嘛,如果是真的,一百万他都敢拿。现在就是真家伙,这是上帝给自己的恩赐啊！

第二天一大早,威尔给德连打电话,请他到自己家里来看,还信誓旦旦地说,这回鸽音樽要是不叫,他从楼上跳下去。电话那头,德连似乎沉吟了一会,最后答应来一趟。

其实,德连这是在做戏给威尔看。德连料定威尔手里的这个瓷樽不会是真正的鸽音樽,因为他亲手试过,但他看出它确实是个非同一般的东西,所以很想把它弄到手。要不他和威尔交往并不怎么深,凭什么要给威尔"付学费"？他所以上门,是料定威尔必输,到时威尔不跳楼,就不得不把瓷樽低价卖给他。

再说威尔,挂了电话之后就等着德连上门,可是等了好一会儿德连还没来,威尔有些着急,就走到窗前探出头朝楼门口张望。就在这时,"呼啦啦"一群鸽子突然从他头顶飞过,他吃了一惊,正要把头缩回来,发现德连的车到了。他突然就觉得有点好笑:嘻嘻,这群鸽子怎么就像是在给自己报信似的?

威尔把德连迎进客厅,然后小心翼翼地从铁箱里取出瓷樽,往樽里倒满酒,没动静。他也不着急,拿出一只大酒杯,把瓷樽里的酒倒进酒杯,然后重复刚才的动作,依然没有动静。他稳住神,继续重复同样的动作,一遍又一遍。可是奇了怪了,这瓷樽此刻就像在德连家试验时一样,任何动静也没有。

威尔瞥一眼德连,嘀咕道:"朋友,为什么你一来,瓷樽就不敢叫了?"他只好"啪"把录音机开关一按,给德连听他原先录下的鸽叫声。

可是德连根本不理会什么录音,他抓过瓷樽,给威尔倒了一杯酒,说:"年轻人,鸽音樽不叫,你就从楼上跳下去,这话可是你亲口对我说的。现在,我就用你说的宝贝为你斟一杯酒,喝完了,你就痛痛快快从楼上跳下去吧!"

威尔此时根本不敢拿正眼来瞧德连,他心里又着急又憋闷,不知道说什么好。但就在此时,瓷樽里突然发出一阵清脆的鸽叫声!威尔顿时兴奋得狂喊起来:"怎么样,听到了吗?我不骗你吧!鸽音樽,我五十美元买到了一个大宝贝哇!啊,万能的上帝啊!"

威尔简直乐昏了头,在房间里大喊大叫,窜东窜西的。德连却在一旁惊得目瞪口呆:这玩意儿,难道真就是钦宗年代的真家伙?那为什么在自己家里不出声呢?他疑惑地一遍遍又做起试验来,真是奇怪,每做一遍,这个瓷樽就发出一阵鸽叫声。他愣住了!

但是这时候已经冷静下来的威尔却突然发疯似的冲到窗台前,并且探出头去。德连跟过去一看,只见一群鸽子此时正好从他们头顶盘旋而过,威尔仰头朝楼顶一看,拉着德连大叫道:"快看,鸽子,这群鸽子什么时候在我们楼顶做了窝?"

威尔缩回头,脸上完全是一副豁然开朗的样子,朝德连连连惊叹："中国人,太了不起了!"原来,威尔刚才冷静下来之后,其实心里也在琢磨:为什么这个瓷樽在德连家里没有任何动静?起初他并没有在意窗外盘旋的鸽子,但是他毕竟当初在大学里学的是仿生学,专业知识很快在他心里产生了激灵:瓷樽发出叫声,会不会与窗外盘旋的鸽子有关呢?信鸽千里返,是因为鸽子本身有磁场。而他探头看到楼顶做窝的鸽群,更加印证了他的这个想法:这个鸽音樽,说白了就是接收了鸽群磁场的"雷达";它之所以在德连家没叫,是因为德连家没鸽子,而在自己这儿时叫时不叫,是因为鸽子盘旋时方位、距离所致。

威尔把自己的这个发现告诉德连,德连激动得简直不能自已:没想到这鸽音樽还是古代科学的一个重大发现! 德连当场表示要买下来。

可是威尔怎么可能答应呢? 威尔说:"嘿嘿,除非你肯出一千万,否则这东西送到拍卖行去,肯定能卖更高的价钱。"说完,他就把鸽音樽放进了铁箱。见德连不接自己的话茬,威尔就要拨拍卖行的电话。

然而就在这当口,德连不知什么时候手里捏了一把榔头,狠狠朝威尔头上猛砸下来。威尔没防着,立刻被砸倒在了地上,他瞪着两只怨恨的眼睛,拼尽力气对德连说了最后一句话:"你……你别想得到这东西!"

德连见威尔死了,拎起铁箱就走。不过,威尔临死前对他说的那句话,着实让他心有余悸,他知道威尔曾经是个工兵,对设置爆炸装置轻车熟路,说不定会在铁箱里设下什么机关,于是回家后就把铁箱放进了水缸里。他心想:只要浸泡时间一长,火药自然会失效。

德连天天想打开铁箱,可是又怕火药仍然还有效,于是就只好耐着性子等啊等,只几天功夫,竟然把头发都等白了,最后他实在等不及了,于是就花重金请来一个排雷专家帮忙。

排雷专家带来一个仪器,他将铁箱从水缸里搬出来之后,就把它放在仪器上静静地观察,几分钟之后,他确定没有危险了,就拿起工具三下两下把箱盖撬了开来。立刻,一股强烈无比的酸臭味充斥着整个房间。

德连也顾不得掩鼻子了,惊疑万分地扑过来一看,只见铁箱里面的鸽音樽已是百孔千疮,面目全非!"天哪,好端端的东西,怎么会变成这样?"

排雷专家从铁箱里捏出一些黑色的粉末给德连看,并告诉他说:"这是战场上用来保护钢铁设施的粉剂,但是它只要一碰到水,就会反应生成一种短时间腐蚀钢铁的'高水'。铁箱里所以会放这种粉剂,主人的本意肯定是想保护这个东西,可是由于箱子长时间浸水,反而让它产生了适得其反的效果。"

德连一听,真是后悔死了,心里一阵绞痛,倒在地上再也没有起来……

（刘京平）

（题图：箭　中）

藏 海 风 云

　　玩古者,玩世也,玩尽了社会风云,历经了炎凉世态,世间的忧喜辛酸无不在此尽情上演。

贼心思

　　清朝同治年间，上海有个名叫赵清的小偷，其人偷技非凡，最拿手的绝技是割包，两指夹一刀片往你身上一靠，你钱包里的东西就神不知、鬼不觉地到了他手里。他胆子也大，一次竟把道台大人收藏多年的最心爱的金怀表和一个精致的鼻烟壶给偷走了。这下子可捅了马蜂窝，道台心疼得大发雷霆，当即派出所有的官兵去捉拿他，还告示百姓，如见之不报，一律按包庇罪处置。这样一来，赵清不敢再在上海呆了，便将道台的金怀表和鼻烟壶往怀里一揣，逃到京城，投靠了他舅舅黄飞虎。

　　黄飞虎在京城开着一家镖行，由于武艺高强，手下保镖又个个是高手，所以绿林中没有一个敢同他作对。平时出镖时，他把绣有飞虎镖识的镖旗插在镖车上，那些强盗见了非但不敢阻截，反而还设宴款待他们，所以他的镖行生意特别好，他保的镖从来没有出过差错。

这天，黄飞虎接了一揽子镖活，到最后所有的镖手都派出去了，还剩一镖没人护送。这是一家老主顾，不便推辞，黄飞虎心想：反正有我的镖旗插着，就让赵清去护送吧。于是就让人把赵清叫来，嘱咐了几句，亲手把镖旗给他插上了车。

赵清和车夫一行十余人出了京城，一路行走，三天后来到山东地界，正当路过一座山头时，突然迎面刮起了一阵狂风，那插在车上的镖旗像一张风帆迎头顶着，使他们寸步难行。赵清嫌镖旗碍事，便拔了下来，果然前行时轻快多了，可是不一会儿，突然从山上下来一伙强盗，拦住了他们的去路。赵清一看不妙，慌忙拿出镖旗，一面晃动一面喊："我们是京城黄飞虎镖行的——"

强盗们一看到镖旗，口气立刻软了："原来是飞虎大哥的镖车，失敬，失敬！今日天时已晚，就请各位到小寨一歇，如何？"

一连三天的奔波，赵清浑身的骨头早已脱了臼似的酸痛，现在一听有人请他们歇息，正求之不得，于是便相跟着上了山。

强盗们设宴为赵清接风洗尘，十多个大小头目围桌而坐，先是互通姓名，继而举杯问候。酒过三巡，他们的头领恭恭敬敬地对赵清说："飞虎大哥镖行里的兄弟，我们全都认识，他们的武艺真是了得！这位大哥与咱们是初次相见，能不能也露上一手，让兄弟们开开眼界？"

赵清一听，不免有点心慌，不过他毕竟也是在大地方待过的人，加上平时胆子大，贼心眼儿又多，眼珠子一转，就站起来向大家拱了拱手，说："在下其实没什么本领，不过既然大爷发了话，在下只好献丑了。"说完，他偷偷摸出随身带着的刀片，走到众强盗背后，飞快地转了一圈，又回到了自己的座位上，说："得罪，得罪！"一边说，一边举起一捋头发，在众强盗面前晃了晃。

众强盗一看，再一摸自己头上梳着的辫子，一个个都惊呆了,心想:他在我们身后这么一转,我们的辫子就少了一截,要是再往上一点,我们的脑袋不就搬家了?他们立刻对赵清佩服得五体投地,你一杯、我一盏地纷纷站起来向他敬酒。

赵清心里乐得哈哈直笑,不由又动起了贼心思:这帮蠢货,我何不把他们灌醉,趁机把他们平时抢来的金银财宝一起掠了?于是,他假惺惺地对大家说:"兄弟们,我今天能有幸结识众位,这是缘分。大家如此抬举我,我实在不敢当。请恕我借花献佛回敬众位,咱们今天索性来个一醉方休,怎么样?"

"好哇!"宴席上顿时热闹不已。喝到最后,这帮强盗一个个都酩酊大醉,趴在了地上。

赵清于是就假惺惺地打发车夫一行人早点休息,他自己趁着黑夜偷了强盗们的全部金银财宝,悄悄溜下山,跑到杭州,在西湖边用偷来的一部分财宝兑换成银两,买了一栋房子住下来,每天不是去赌场就是去窑子,散碎银子很快就花完了。

这天,赵清找了一个在窑子里认识的姓"姜"名"起"的嫖友,托他帮自己寻找买主,说手里还有一些财宝,要兑换成银两。可是赵清没料到这个姜起其实是一个心狠手辣、诡计多端的大骗子,他听说赵清手里有财宝,就动起了歹念。表面上,他对赵清说:"我在这里人头熟,给你找个好买主不成问题,你尽管放心。"可是背地里却特地办了一桌酒席,请那帮衙门里的差役大大吃喝了一顿,要他们按他说的帮忙,答应事成之后给每人五两银子。

待一切都安排好了,姜起装出非常热情的样子,跑来对赵清说:"老兄,找着了,你运气真好,府台大人要买,不过他要先看货才定价。我同府台大人约好了,今天傍晚把东西送去给他看。"

赵清听说府台大人要买,乐得嘴都合不拢了:"太谢谢啦,这可是个好买主啊!行,傍晚我跟你去。"赵清把当初在上海偷得的道台那两件心爱之物也一起带上了,他心想:还留着这东西干啥用,不如换了银两去快活爽快。

很快就到了傍晚,姜起带着赵清一起去府衙。走到门口,姜起对守门的衙役说:"公差兄弟,是府台大人让我们来的。"

那衙役早被他买通了,点头应着:"进去吧!"

进了衙门,姜起对赵清说:"你在这里等着,我拿去给府台大人过目,若看中了,你再去跟他谈价钱。"

赵清不知是计,就把货交给了姜起,自己独自在院子里等着。

可是等了快两个时辰,还不见姜起出来,赵清急了,大着胆子进去一问,说是根本没有这回事,他这才知道自己上了姜起的当,这小子不知什么时候从后门溜了,赵清急得差点晕过去。

赵清恨透了姜起,发誓一定要找这小子报仇,可是找遍了杭州城也不见他的人影。一天,赵清在街上碰巧遇到原来姜起在窑子里的一个老相好,怕她不肯说,就骗她:"我要还姜起一笔银两,你知道他现在在哪儿吗?"

那老相好信以为真,就说:"你问他呀,发大财啦,现在在上海当大老板啦,他住的那地方我说不上名儿来。对了,好像人家都叫它'城隍庙'。"

赵清听说姜起到上海去了便有些犹豫,因为他当时就是为了逃避道台的追捕才离开上海,到京城投靠舅舅的,如果现在回去,岂不是自投罗网?但想想自己好不容易到手的财宝就这么轻易地被姜起吞了,又实在心有不甘。就这样思前想后地琢磨了半天,他决定还是冒险回去一趟。

到上海,赵清悄悄找到自己过去一个最要好的同伙,打算在他那里先住几天,等找到姜起,把东西要回来,立马就走人。可偏偏这个同伙怕赵清连累自己,连夜就偷偷把赵清给告发了,道台立刻派人把赵清抓了起来。

道台为了尽快要回自己当初丢失的那两件心爱之物,就连夜开堂审问赵清。

赵清眼珠一转:正好,这回也省得自己去找那姓姜的小子了。于是就对道台说："老爷,那东西全被一个叫姜起的贼人骗走了,他就住在城隍庙那里。"

道台立刻派几十名衙役去搜寻,果然把姜起连同珠宝一起带回了府衙。

道台对赵清说："你知道你犯的是死罪吗?"

赵清早已吓得浑身哆嗦。

道台说："不过,你要不死也容易。"

"真的? 老爷,我可不想死哇!"赵清呼天抢地地喊起来。

道台说："好吧,看在你总算还替我留着那两件心爱之物的份上,老爷我成全你。明天一早我当堂问你话的时候,你就说你被姜起骗走的这些东西,当初都是偷了我老爷的。"

赵清当然怕死,于是立刻点头答应。其实赵清不知道,道台看着衙役带回府衙的那一堆金银珠宝,心里早起了歹念:如果想办法让赵清招认这些东西当初都是从我这儿偷走的,那它们不就全归我了吗?

第二天一早,道台果然当着众多官员的面审问赵清,赵清为了保命,也就按道台昨晚教他的说了。道台叫衙役让赵清画押,随后就把他押了下去。

道台狡猾地笑着对众官员说："我的心爱之物这下总算完璧归赵了。你们都知道,这金表和鼻烟壶是吏部刘大人赏赐给我的,我视之如珍宝;这些金银珠宝是我夫人的陪嫁之物,她平时看得比自己的命还贵重,被这贼偷走后真是痛不欲生。总算老天有眼,如今这贼终于被抓住了,也是我命中注定不该破财啊!"

众官员虽然都很怀疑道台的这番话,但都不敢说半个"不"字。

就这样,道台把赃物全吞了。

（吴瑞林）

（题图:黄全昌）

心理陷阱

　　这天上午，阿珍给本市大名鼎鼎的临湖轩古董店打电话，说自己有个青花瓷瓶要卖。约好时间之后，她便用一块蓝印花布将青花瓷瓶裹了，捧起就小心翼翼地出了家门。

　　要说从前，阿珍无论如何也不会想到要卖这个瓷瓶的，因为这是父亲给她的唯一嫁妆。可是丈夫三年前就去世了，最近她自己又下了岗，本来生活就拮据，现在儿子考进大学又要付一大笔学费，钱从哪里来？无奈之下，她只好狠狠心把老货卖了。

　　看看天色还早，为了尽快赶到"临湖轩"，阿珍决定穿胡同抄近路走。但让她后悔不已的是，走出没多远，她就感觉自己被人跟踪了。她悄悄回头一瞥，发现跟踪自己的是个二十来岁的小青年，叼着一根烟，穿着一件花格子衬衣，怎么看都像是个流氓。

阿珍心里有些发慌，要在平时她才不怕呢，她缺钱，但不缺力气和胆量，可现在不一样啊，怀里抱着一个十几万元的宝贝，她不得不提防啊！

阿珍不由加快了步子，拼命向前走，想尽快走出胡同去。奇怪！平时走这条胡同没有什么感觉，很快就穿出去了，可这会儿她心里越着急，这胡同里的路就越是像走不完似的。只见阿珍在前面急急地走，那流氓样的小伙子在后面紧紧地跟。

走了大约两三分钟，那小伙子突然打了个长长的唿哨，一晃拐进了相连的另一条小胡同里去了，阿珍紧绷着的心这才放了下来，不由减慢了脚步。她发现，自己由于紧张，手心全被汗水打湿了，连裹着青花瓷瓶的蓝印花布都被她的手弄湿了一大片。

眼看就要走出胡同口了，阿珍刚喘过一口气来，谁知后面突然又响起一阵脚步声，阿珍心里又一紧，回头一瞥，发现又是一个小伙子，不过样子看上去挺斯文，戴着一副眼镜，手里拎着一个公文包。阿珍松了一口气，可转念一想：不对，不能光看表面，现在电影里许多坏人不就是表面看斯斯文文的吗？而且这个"眼镜"早不来晚不来，为什么偏偏在刚才那个流氓小子一声唿哨之后来了呢？他们很可能是一伙的！

阿珍越想越紧张，越紧张就越觉得累，手里的瓷瓶好像越来越沉，她简直要喘不过气来。她脑子一转，决定给临湖轩打电话，让他们派人来接自己。正好旁边有家杂货店，虽然关着门，但店门旁有个投币电话机，阿珍赶紧走过去，一只手把瓷瓶搂紧在怀里，另一只手就拨起了电话号码。

这时候，只见那个眼镜走了上来，在阿珍身边停住了脚。阿珍瞪他一眼，那眼镜却和善地对她笑笑，说："大姐，你抱的像是个瓷瓶子吧？要不要我帮你抱会儿？你好腾出手来打电话。"

阿珍吓了一大跳：这家伙怎么居然会知道自己手里抱的是瓷瓶子？阿珍这时已经拨完号码，正拿着听筒在等待对方回话，看眼镜并没有走的意思,她心里不禁慌乱起来:这家伙为什么不走呢? 是不是想抢我的瓶子? 阿珍心里打定了主意:他要是敢抢,我就打110报警。

这时,阿珍听到电话那头传来"嘀嘀嘀"的声音,好像是占线,她便把电话挂了,退出硬币,然后两只手抱着瓷瓶,装出要走的样子,可眼角却紧盯着眼镜。她发现,眼镜这时候似乎并没有在意她的动作,只顾自己从口袋里掏硬币往投币电话机里塞。原来这眼镜是个打电话的,阿珍顿时宽心了不少,便放心地继续往胡同口走。

但问题是,阿珍走出没多远,那眼镜就又不紧不慢地跟上来了。阿珍心里不由猜疑起来:这家伙突然出现,到底是为了来打电话,还是对自己另有企图? 如果他只是打电话,为什么打完之后不原路返回呢? 是像我一样,为了抄近路而穿胡同,他完全可以走到我前面去的,为什么老是跟在我后面呢? 阿珍越想越起疑,看来答案只有一个,就是对自己另有企图了!

阿珍正这么想着,突然听到身后脚步声重了起来,她猛回头,突然发现眼镜已经走近上来。莫非这家伙要动手? 阿珍决定跟这个家伙拼命了! 谁知就在此时,眼镜却彬彬有礼地开口道:"大姐,请问您认识秀水胡同的张阿珍吗?"

阿珍立刻警觉地反问眼镜:"你找张阿珍有什么事情?"

"是这样的,"眼镜从上衣兜里掏出一张名片,递给阿珍,阿珍接过来一看,名片上写着"临湖轩古董店",眼镜说,"我是临湖轩古董店的副经理,今天是来找秀水胡同的张阿珍的,她有一个瓷瓶要卖,所以我今天先来鉴定一下那个瓷瓶的年代和真伪。哪知走到秀水胡同一掏口袋,地址忘带了,问了几个人,都说不认识。我的手机也碰巧忘在店里了,所以只好过来打电话,哪知电话也打不通。"眼镜说到这里,无可奈何地朝阿珍耸耸肩。

阿珍自知因为搬到秀水胡同没多久,和周围邻居都不熟,难怪外人问不到自己,眼镜说的话没错。阿珍这才对眼镜彻底放下心来,刚才还怕他是个坏人,原来来了个救星!于是她笑着对眼镜点点头,说:"我就是张阿珍。"

"啊!那你手里抱的这个瓷瓶子就是要卖的了?怎么这么巧啊!"眼镜一副惊喜的样子。

阿珍也乐了:"是呀,怎么有这么巧的事呀!刚才我还以为你是要抢我瓶子的坏人呢!"

"哦!"眼镜说,"怪不得看起来你有些紧张,我猜着你很可能就是我要找的张阿珍,平常老百姓很少有抱着个瓷瓶走路的,即使有,也不会像你这么紧张。所以,尽管你用布把瓶子包起来,可这样子,嘿嘿,一猜就猜出来了。"

阿珍被眼镜说得有点不好意思,感慨着说:"碰巧是碰上了你,要是坏人,那就惨了。不瞒你说,我刚进胡同时,真有个穿花格子衣服的小流氓跟着我,看上去就不是个干正经事儿的。"说起先前那会儿,阿珍还心有余悸。

没想眼镜说:"大姐,你说的那个花格子家伙我也见过,不过他看见我就跑掉了。"

阿珍一听原来是这么回事,感激地对眼镜千恩万谢。眼镜说:"大姐,不用谢。我还是到你家去仔细看看这个瓶子吧!"说完,他就接过阿珍手里的瓷瓶,跟着阿珍往她家走去。

踏进家门,阿珍忙着为眼镜让座端茶,眼镜就抓紧时间翻来覆去地看这个瓷瓶,一会儿用指头敲敲,一会儿又把它举起来对着阳光照。琢磨了足足有半个时辰,眼镜兴奋地对阿珍说:"大姐,你这个瓶子是个好东西啊,它是明代的东西。"

阿珍一听很兴奋,急着问道:"那得值多少钱?"

"很值钱的!"眼镜笑着喝了口茶。

阿珍有点急,说:"你给个价,我就卖给你们算了,省得自己出去找上家卖担惊受怕。"阿珍觉得眼镜诚实,要是一般买卖人,即使不说这瓶是赝品，也不会把你东西说得那么值钱，而眼镜居然都照实说了。凭这，阿珍就断定他是老实的生意人。

只见眼镜想了想，说："大姐，我想给个整数，还想图个吉利，三十万吧？咋样？"

阿珍一听，简直惊呆了：原本只想这瓷瓶可能值十几万，已经觉得是天文数字了，怎么竟有三十万？阿珍这辈子从没想过自己会拥有这么大把大把的钞票，她一时竟愣在了那儿。

眼镜见阿珍不置可否，以为她是要加价，就诚恳地说："大姐，我们干这行的，一是靠诚信，二是靠冒险。我今天用三十万买你这个瓷瓶，对我们来说虽然是笔大生意，但也是冒着风险的呀！做得好，说不定是可以再赚它三五万的，可若是看走眼了，那可就不是赔三五万的事了。"说到这里，眼镜顿了顿，"这样吧，大姐，我再加你一万，如何？"

阿珍听了心里一动：有三十万，除了给儿子付学费，自己还可以去租个店面，做点小生意；这多的一万，就可以把屋里的家具全部换掉，这些家具也太陈旧了。

于是，阿珍就跟着眼镜把瓷瓶护送到临湖轩古董店，签出售合同，双方都签了字。然后，银行把钱转到阿珍的账户上，阿珍看着存折上"31"后面长长的一串"0"，心里真是乐开了花。

当天晚上，临湖轩古董店的经理设宴，庆贺这笔生意的成功。没想经理左边坐的，是那个穿花格子衬衣的流氓小子，他原来是经理的外甥；右边坐的，就是那个眼镜了，他是古董店的副经理。只听经理赞赏地对左右说："你们两个，一个唱红脸，一个唱白脸，配合默契啊！"三人举杯，一饮而尽。

据说，一个月之后，阿珍的瓷瓶被这家古董店售出，售价八十五万元。

（阿　碧）

（**题图**：黄全昌）

拍卖场上

北京城里有一对双胞胎兄弟,大林和小林,从小受父母影响,对收藏特别有兴趣,如今虽说都三十出头了,可两人还不想成家,天天在家鼓捣古董。

这天,兄弟俩又头碰头地在一起欣赏一件宋瓷藏品,忽然门铃响了。大林去开门,一看,来者是一个满头白发、精神矍铄的老人。大林疑惑地问:"您找谁?"

老人笑了:"怎么,不认识我了?"

小林闻声出来一看,惊叫起来:"哎呀,是全伯伯呀!"

全伯伯?大林想起来了,全伯伯是父亲的老朋友,多年以前就到国外去了。自父母去世以后,他今天可是第一次登门啊,兄弟俩于是赶紧把他让进屋。

大林天生伶牙俐齿,嘘寒问暖地立刻与全伯伯聊了起来。小林生就的闷葫芦,给全伯伯端了一杯茶之后,就坐在一边静静地听,好半天也不插一句话。

这个全伯伯其实是为十天后的一个拍卖会回来的。他说他得到消息,有个菲律宾老华侨,手头有幅明代才子唐伯虎的《金山垂钓图》,上面还有乾隆到道光年间好几个皇帝盖的鉴赏印和许多名人的题跋,明清收藏鉴定一类的书籍里面,对它都有记载。据说这个菲律宾老华侨最近手头急需一笔资金,所以就把这幅画带回大陆,要在这次拍卖会上出手。

全伯伯说到这里,犹疑着把话头打住了。

大林有些不解:"全伯伯,这么好的机会,您去竞拍不就是了?"

可是全伯伯却吞吞吐吐道:"机会是好,可我……我干这么……这么久了,现在贸然出场,恐怕太敏……敏感,过去的那几个对手……"

大林一听,心想:莫不是全伯伯要我们帮什么忙?他于是试探着问:"全伯伯,您是怕到时候竞拍不过人家?"

"哎呀,"全伯伯满脸的皱纹立刻舒展开来,"我的大侄子就是聪明!怎么样,你们到时候能不能代我出面去竞拍?这是我寻了大半生的藏品,你们哥俩若是帮我把这件藏品拍到手的话,我付你们十万美金。"

"美金?十万?"兄弟俩眼睛瞪直了:这可不是小数目啊!

大林嚷嚷道:"不就是拍卖一张画嘛,这种事儿我们帮人家搞过,应该……不,全伯伯,保险没问题!"

"那咱们就这么说定了?"全伯伯小心地问。

大林看看小林,小林轻声对大林说:"哥,我听你的。"

"那好,"大林朝全伯伯点点头,"全伯伯,到时候您就把钱准备好吧。您是爹妈的老朋友,这个忙我们当然得帮咯!"

接下来的事情，就是大林替全伯伯到拍卖公司登记，交押金，领竞拍号。

说起拍卖这个事，没到过现场的人不知道，到时候举牌报价，不是谁想举牌就举牌，得事先登记编号，还得交至少一万元的押金。要不然你胡报一通而最后不买了，拍卖公司不就白白折腾了？随后，拍卖公司还要把申请参加竞拍的拍卖品编号，印成图册给各位买主，让大家及早做到心中有数。

大林把图册拿回家，与小林一起琢磨了半天，发现全伯伯要他们代拍的《金山垂钓图》，竟是这次拍卖会的主品。全伯伯有这么多钱来买如此有分量的藏品，兄弟俩真是羡慕不已。

十天时间一晃就过去了！到了拍卖这天，全伯伯虽说把事情托付给了大林、小林兄弟俩，可他仍然不放心，还是去了现场。到那儿一看，大厅里早已坐满了人，再仔细找，只找到小林一个。大林呢？正在这时候，小林恰恰与他四目相对，并且沉稳地向他点了点头，他回了个会心的微笑，这才把心放了下来。

拍卖开始了！前面的拍品如何成交，就不细说了。反正接下来，主拍人宣布："现在，拍卖0754号，明代唐寅的《金山垂钓图》，底价是……"

主拍人刚说到这儿，底下的人居然就争先恐后举起了手里的牌子，全伯伯的神经立刻绷紧起来。

主拍人的两只眼睛在场上来回扫视，嘴里一直没停："1000万，1200万，1400万，1600万……好，2000万，2200万，2400万——2400万，一次；2400万，二次……"主拍人举起了手里的木槌。

全伯伯知道，只要他喊出"2400万，三次"，把手里的木槌"啪"地一落，这拍品就算是成交了，这就叫一锤子定音。全伯伯急得"哗"地站了起来，因为举这块"2400万"牌子的不是小林，而是一个"板寸头"。不是与兄弟俩说好的嘛，让他们俩只管竞拍,钱他有的是,怎么小林这会儿迷糊了呢? 再不举牌,这事儿就砸了!

就在全伯伯急得冷汗直淌的紧要关头,小林不慌不忙地将手里的牌子举了起来:2600万。板寸头不服气:2800万。这回,小林盯着不放了:3000万。小林完全是一副不达目的誓言不休的气势,大概板寸头看看自己实力不是小林对手,于是便停止了举牌。

全伯伯长嘘了口气,心里正暗暗叫好,可就在这时,突然半道里杀出个程咬金,场上有个中年男人举起了牌子,那就意味着他要出"3200万"。主拍人原以为到3000万就停下来了,一看又有牌子举起来,眼睛"刷"地亮了,神情激动,声音高了八度:"3200万!"

场内顿时寂静无声。

全伯伯有经验,他一点儿也不紧张,他知道,小林的动作就像他的性格,稳扎稳打慢慢来。但这回他却猜错了,小林的动作太慢了,直到主拍人喊"3200万,一次","3200万,二次","3200万,三次","啪"把木槌落了下来,小林手里的牌子还没举起来。

全伯伯傻眼了:宝物就这么轻而易举地被那个中年男子给拍走了? 会一散,他跌跌撞撞地扑过去,冲着小林责问道:"你、你怎么搞的嘛? 你哥呢?"

全伯伯当然不会知道,这个结果其实是小林精心设计的。别看小林不声不响的,但从小就比哥哥有脑子,大林在忙忙碌碌帮全伯伯跑登记的时候,他可没闲着。他知道现在拍卖市场有一条不成文的规矩,如果竞买双方都是国人,竞价就不会太高,反正都是同胞嘛,只要藏品能留在国内就行。可有个别外国公司摸到这个行情,就特地雇人充此角色来为他们觅宝。全伯伯虽是中国人,可当年父母曾说起过,他早就入了外国籍,所以那天全伯伯提出要他们兄弟俩帮忙代拍时,小林就多留了个心眼,结果悄悄一打听,果然是这么回事,全伯伯哪里是自己拍卖,他是在帮他的外国公司操作。

小林话虽不多,可主意并不少,要是用 X 光一照,那心眼儿准比天大。你看他,眼珠儿一转,立即与他那些收藏爱好者联络上了,于是就有了后来拍卖会上的那一幕。那个中年男子是一家文化公司的,这个拍品他们第二天就无偿捐献给了国家。

至于哥哥大林,小林怕他走漏风声,所以事先不敢告诉他,思来想去,只有在出门前用加了安眠药的葡萄酒把他阻在家里。干大事之前必喝葡萄酒壮行,这是他们兄弟俩的老规矩,没想却为小林创造了契机。

（崔　陟）

（题图:魏忠善）

鉴宝专家

　　冯老在博物馆工作多年,任馆长后,为扩充展品资源,丰富馆藏文物,他别出心裁出了个点子,由博物馆与当地电视台合作,举办有奖征集民间文物藏品活动,每周日晚黄金时段电视台现场直播,由专家为献宝者作藏品鉴定,凡参与者还可参加摇奖,有精美纪念品赠送。

　　征宝信息在电视台播出后,场面非常火爆,来献宝的人络绎不绝。但民间藏品虽然繁多,真正有价值的却寥寥无几,冯老不免有些失望。

　　这天下班时候,来了一位农民模样的人,也说是来献宝的,冯老便把他请进办公室。农民从蛇皮袋里取出一个小布包,解开,里面是一件锈迹斑斑的青铜器,碗口大小,形状奇特,一端是个椭圆形的筒,另一端连着一块小平板,上面刻着精美的纹饰。

冯老一见这东西,眼睛立刻亮了起来。为啥?他向来对文物情有独钟,并有很高的鉴赏水平,他知道这东西是商周时期的轮轴饰品,存世很少。而且更让他激动的是,博物馆的镇馆之宝,就是与这一模一样的一件,若是能够把它们成双配对,定会引起轰动。冯老兴奋得急忙从农民手中接过青铜器,迫不及待地鉴赏起来。

农民在一旁问:"这玩意儿值钱吗?"

冯老差点笑出声来:价值连城的文物珍品,怎么到他嘴里竟成了玩意儿?冯老客气地说:"值钱不值钱,得等专家鉴定后才知道。你大老远地赶来,先住下吧,明天就是星期天,晚上你就可以去电视台让专家现场鉴定了。"

农民想了想,说:"我待会儿还想去街上走走,这东西带来带去的不方便,能不能就放在你们博物馆里?"

"可以呀!"冯老巴不得农民把这东西留下呢,自己可以好好欣赏欣赏,所以答应得非常爽快。

农民走后,冯老捧着这件青铜器在灯下反复观赏起来。这轮轴饰品之所以珍贵,是因为它的造型和纹饰具有很高的艺术价值,因此北宋以后就开始有人仿造。冯老用放大镜查看上面的每一个细节,但见纹饰图案线条清晰,对比强烈,断代特征非常明显,充分显示出商代晚期的独特风韵。冯老知道,这类器件如果是赝品,由于不懂得古代青铜器的铸造方法和原理,很难在铸造拼合的地方不露蛛丝马迹,但此物不仅没有铸造缺陷,反而在细节处理上处处显露出传世精品的典型制作手法。冯老生怕自己看走眼,把青铜器拿在手里反复掂量,又用专门的金属敲击器轻轻敲击,每敲一下便侧耳倾听半晌。

当他确定这是真品无疑时,兴奋得当即跑到楼下博物馆的展览大厅,让保安把镇馆之宝取出来,拿到办公室与农民送来的那件轮轴饰品放在一起比较，一样的大小造型，一样的纹饰图案，他高兴得真想连夜把大家叫来一起欣赏。

此时已是夜半时分，可冯老舍不得走，他举着金属敲击器，一会儿敲敲博物馆的镇馆之宝，一会儿敲敲农民的藏品。敲着，敲着，突然他的脸色变得煞白，身子一歪，差点跌倒在地上。原来就是这么三敲两敲，他听出来当初自己代表博物馆用重金买来的镇馆之宝，竟然是赝品。因为真品经历过地下几千年的氧化和腐蚀，铜质发生了矿化，器件表面会略有膨胀，比重下降后，敲出来的声音相对有些浑浊，而伪器敲上去的声音相对就比较清脆。此外，伪器铸造的通病是器壁稍厚，重量与真品相比会有差异，这些破绽在单独看的时候是很难发现的。真是不比不知道，一比吓一跳。

此刻，身为博物馆馆长的冯老真是心乱如麻，他担心这秘密一旦泄露出去，不但自己声誉大大掉价，博物馆也会遭受巨大损失。怎么办？现在要再找到当时卖出赝品的那个文物商人，简直是不可能的了。

情急之下，冯老心头一动：我何不趁机把这两件东西调换一下？反正那农民啥也不懂，就是指给他看，他也未必能看出其中的名堂。

主意一定，冯老便咬咬牙，把农民送来的藏品送去展览大厅，充当镇馆之宝，而把博物馆原先的镇馆之宝留下来，准备第二天让农民送去直播现场。

但让冯老没有料到的是，由于平时博物馆的镇馆之宝名气太响，电视台出于为博物馆进一步扩大影响考虑，坚持要冯老把博物馆的这件宝贝一起带去现场。所以到第二天的直播晚会上，农民送来的藏品和博物馆的镇馆之宝，都摆在了显眼的展台上。

主持晚会的是一个年轻干练的小姐，她首先按惯例来了一番开场白,然后就把专家和农民都请到台上,请专家对农民的藏品作现场鉴定。可这个专家虽然对青铜器颇有研究,但名声在冯老之下,所以鉴别了之后他不敢下结论,非得让主持小姐把冯老请上台。

为了自己和博物馆的利益,冯老只好装模作样地在台上鉴别一番,然后对主持小姐说:"很遗憾,这是一件赝品。"他一一指出其实原本是博物馆收藏的那件轮轴饰品造伪的细微痕迹。

农民听冯老说得这么肯定,就对主持小姐说:"既然是假的,那我就拿回去吧。"

冯老做下了亏心事,于心不忍,赶紧安慰农民说:"这虽然是件赝品,但它的造伪能力达到了乱真的程度,而且造伪的年代估计在北宋年间,所以到今天来看,它也具有一定的收藏价值。"

那农民是个非常爽快的人,说:"既然是假的,就不能让后人去上当,我还是拿回去的好。"

主持小姐见农民有这么高的觉悟,立刻接过他的话头说:"其实藏品是真是假并不重要,重要的是积极参与。我代表征宝节目组向这位农民大叔表示衷心的感谢! 接下来,我们就请大叔来摇奖。"

谁知农民却不好意思地连连摆手,说:"这个奖我不能要,不能要。"

"为什么?"主持小姐非常惊讶。

农民说:"我本来是想把这玩意儿献给国家的,没想到是假的,咋能参加摇奖?"

主持小姐追问道:"那假如是真品,您也不要奖么?"

农民憨厚地笑了:"那当然要啦,我就拿这笔奖金回去盖个养鸡场。哈哈哈哈……"他一边说,一边就从展台上拿起那件刚才被专家鉴定过、又被冯老讲解过的轮轴饰品,转身要走。

可刚要转身,他嘴里"咦"了一声:"不对呀?"他疑惑地把手里的饰品放下，又拿起旁边一件。

冯老一看急了，一把拉住他说："错了，错了，你拿错了。"

农民说："没错没错，这东西我和它打了几十年的交道，哪会认错？不信您掂掂，两个分量不一样。"

台下观众不知道是怎么回事，现场一片哗然。

主持小姐灵机一动，问农民："您说这件饰品是您拿来的，您有证据吗？"

农民一时不知怎么回答，挠着头皮想了想，问主持小姐："我家的鸡能认，这算不算证据？"

"什么？"主持小姐一听，饶有兴趣地问，"你家的鸡能识宝？"

农民说："这算什么能耐？这玩意儿你们把它当宝，可在我家里……"

谁知他话还没说完，就被主持小姐打断了。主持小姐觉得这是扩大直播影响的好机会，立刻请示在场领导，然后当众宣布："电视机前的各位观众朋友们，咱们今天的征宝活动出现了戏剧性的一幕。在归属难辨的情况下，节目组决定：明天上午十点整，'征宝节目'继续现场直播，欢迎大家到时收看。"

直播暂时告一段落，两件青铜器轮轴饰品都由电视台专人保管，第二天再见分晓。

这一晚，冯老一夜都合不上眼，直觉已经让他开始后悔自己做下了糊涂事。

再说第二天上午十点整，电视屏幕上，征宝节目的现场直播已经从电视台移到了农家院里，主持小姐一脸兴奋和好奇，手持话筒面对电视观众说："各位观众朋友，各位观众朋友，现在，我们征宝节目组已经来到了昨晚在直播现场献宝的农民大叔家里。大家可能已经注意到了，两件轮轴饰品现在都放在大叔家院子里的阶梯上，现在我们就请大叔家里的鸡来作证，到底哪一件是大叔送来的。"

　　主持小姐话音刚落,就见电视屏幕上,一群鲜蹦活跳的鸡争先恐后地从鸡舍里飞出来,那农民用小木棍先在一件轮轴饰品上敲,清脆悦耳的声音好听极了,可那些鸡三三两两地伸了伸头,然后就像没听见似的,没有一点反应,在院子里走开了八字步。农民不动声色,拿起另一件轮轴饰品敲了起来,"扑扑扑"声音刚响起,那些走八字步的鸡儿们突然就像接到什么命令一样,飞也似的扑到鸡食盆里啄起食来。

　　结论不言自明。

　　不过主持小姐还是想征求一下冯老的意见,可是找遍整个现场,哪里还有冯老的影子……

（张　湃）

（题图:王申生）

伸进花瓶里的手

　　豫东有座古城,不大,但名气不小。因为这里一是搞文物收藏的多,二是斗蟋蟀的多,三是出了个全国有名的文物鉴赏家,叫陈厚德。

　　陈厚德原本是个性格开朗、爱说爱笑的人,可是最近却时常皱眉头,一副心事重重的样子,据说这都是因为他儿子小乐的缘故。自从老伴生病去世以后,他对小乐百依百顺、百般疼爱,可偏偏小乐不争气,高考落榜后和城里几个痞子混在一起,没多少时候就学会了用蟋蟀赌钱,光一场输赢就达上千元。陈厚德本来就没有多少积蓄,哪经得起小乐这样挥霍?

　　这天,陈厚德正在为小乐的事生闷气,好友老李一阵风闯进来,开口就问他借钱,说女儿后天做肾移植手术,要十五万。陈厚德一听傻了眼,为难地朝老李摇头说:"我现在手头哪还有余钱啊,全凑拢来也没有五万。你还是赶快找别人想办法吧!"

老李一看陈厚德这里没戏唱,急得差点落眼泪。

陈厚德于心不忍,想了想,说:"要不,你看看家里有没有什么值钱一点的老货?我想办法找人帮你出手试试?"

老李被陈厚德这一提醒,想起来了,说:"亏你这一说!我家里倒还真有个瓷玩意儿,你给看看,要真能出手,那就好了。"

陈厚德问:"什么瓷玩意儿?"

老李两手一比划,说:"一个五彩花蝶瓶。"

老李把瓶的样子大概说了一下,陈厚德凭着多年的经验,估计这瓶完全有可能是康熙五彩中的官窑精品,不觉又惊又喜。原来,陈厚德有个香港朋友丁老板,不久前举家搬来内地,丁老板给陈厚德打电话,要陈厚德帮他留意圈内有没有人出手藏品花瓶,说他父亲搞了一辈子收藏,却一直因为没有觅到一个中意的花瓶而耿耿于怀。现在可好,天下竟有这么巧的事情,一个正好要钱,一个正好要瓶!

陈厚德赶紧把丁老板要瓶的事,告诉要钱的老李。

老李一听激动啊,催陈厚德赶快与丁老板联系。谁知电话打过去没人接,再打过去还是没人接。直到晚上九点多钟,电话那头才传来了丁老板的声音,原来丁老板父亲突然脑溢血,正在医院里抢救。丁老板听陈厚德说老李手里有瓶的事,决定第二天就来陈厚德家里看瓶,丁老板希望能尽快给父亲一个安慰。

于是第二天一大早,老李把他的五彩花蝶瓶捧到了陈厚德家里。陈厚德的儿子小乐刚刚起床,看到他爸和老李正头碰头专注地看一个花瓶,便也好奇地凑过头去。一看,发现这只花瓶怎么这么漂亮?一尺多高,小口鼓腹,瓶身上还画着一只只翩然起舞的彩蝶,每一只都活灵活现,像要飞起来似的。

老李问陈厚德:"你看这瓶子能值多少钱?"

陈厚德肯定地说:"二百万,这种官窑精品非同一般瓷器啊!"

陈厚德回答完老李的话后,就忍不住给丁老板打电话,把这只花瓶详细描绘了一番。放下电话后,他拍拍老李的肩,笑着说:"丁老板刚才在电话里说了,要我盯着你,他已经下飞机了,大约一个小时以后到我这里,他说到时候一手交钱、一手交货。"

一只花瓶能值二百万?小乐眨巴着眼睛,奇怪大人怎么会喜欢上这种东西?光好看有什么用?远比不上斗蟋蟀有趣哩!

老李见这事已经成了七分,对陈厚德感激不尽,反正丁老板要一个小时后才到,于是他拉着陈厚德父子俩要去喝早茶。小乐可不稀罕这个,他满脑子就是斗蟋蟀,朋友马上就要来了,他们约好今天上午要赌一局的,所以他不愿意去。陈厚德于是就小心翼翼地把老李的花蝶瓶放到桌子靠墙一端,再三关照小乐别去碰它,然后就和老李走了。

可小乐哪里把陈厚德的话当回事儿,两个大人前脚刚出门,他后脚就端出蟋蟀罐玩了起来。他把蟋蟀罐放到桌上,掀开一条缝儿,他可惦记这宝贝疙瘩了!不料透过罐盖缝一看,那蟋蟀竟蹲在里面一动不动。这下他急了,把罐盖掀起半边,正要伸手进去捏捏蟋蟀的翅膀,谁知那蟋蟀突然"嗖"地一下就从罐里蹦出来,把小乐吓了一大跳。小乐定睛一看,发现蟋蟀就蹦在桌子上,于是就将身子慢慢靠过去,一点一点伸出手,想把它捉回罐子里去。可就在他的手离蟋蟀还有寸步远的时候,谁知那小家伙又一蹦,竟然蹦到那只花蝶瓶的瓶口上。天哪,小乐脑子里立刻蹦出个"二百万"来,他又急又怕,不敢再轻举妄动了。

时间一分一秒地过去,小乐的心里七上八下地跳着,他想等蟋蟀从瓶口上跳下来,可那蟋蟀这时突然又轻轻一蹦,不过不是蹦到桌子上,而是蹦进瓶子里去了。小乐愣了愣,转而一想:也好,这下看你往哪里跑?他伸出左手,把花瓶抱在怀里,右手就往瓶里掏。

可这一掏,小乐才知道这个花瓶的瓶口其实很小,他只伸进半截手就再也进不去了。不过他脑子转得很快,马上把蟋蟀罐对准了瓶口,然后把瓶倒过来,用力晃着,他想把瓶里的蟋蟀晃到罐子里来。可问题是晃了半天,蟋蟀就是不肯出来。

小乐抬头一看墙上的钟,估摸着他爸快回来了,爸一回来,看到自己这个样子肯定要骂。怎么办?小乐心里一急,就又把手伸进瓶口,可还是伸到一半就进不去了。他歇口气,定定神,咬着牙又把手伸进瓶口,用力,再用力,只感觉一阵剧痛,不过"扑"一下手伸进去了,五个手指头一划拉,那只蟋蟀就被他捏到了手里。他心里一喜,忍不住哈哈大笑起来,可笑声还没落地,突然又变了色。为啥?他意识到接下去的事情更糟糕:他的手怎么也没法从瓶里拔出来了。可就在这时,门外传来陈厚德和老李说说笑笑的声音,小乐顿时出了一身汗!

再说陈厚德和老李进屋一看,怎么二百万的花蝶瓶居然在小乐手上套着?两人吓坏了,三步两步奔上来,也来不及问情由,一个抱着瓶,一个抱着小乐,就使劲拉起来。拉啊拉,还没拉出来呢,只听门外"嘀嘀"两声汽车喇叭响,不用问也知道,一定是丁老板来了。

果然是丁老板,进门就把密码箱"叭"往地上一放,嚷嚷着说:"老陈,我和你交往多年,你看好的东西我绝不说二话。瓶子在哪儿?我付了钱就走。这回我父亲的病难说,我得立刻赶回去。"

可陈厚德此刻只有叹气的份儿了。

丁老板一看屋里气氛不对,这才注意到同样哭丧着脸的老李,并且同时发现了小乐手上套着的那只花蝶瓶,不由一愣。但丁老板马上就被这只花蝶瓶吸引住了,现在不用问他也知道,准是陈厚德的儿子干下了淘气的事儿。

丁老板急了：总不能让这小子套着花瓶跟我上飞机吧？他疑惑地看看陈厚德，又看看老李，迟疑了两分钟，咬咬牙说："老陈，眼下只有一个办法……"

陈厚德问："什么办法？"

"剁……剁……"丁老板到底说不出个"手"字来。

可是这边，小乐一听"剁"字就吓得"哇"一声哭了出来。

陈厚德也跳起来："这哪行？"

丁老板说："老陈，我不会亏待你的。据我所知，在内地，工伤失去一只手掌，最高赔偿是十万元，现在我出五十万，医疗费也由我出。怎么样？"

陈厚德坚决不答应："我儿子才十八岁，以后路长了，没有手，他这一辈子怎么办？"

可是老李却上前悄悄拉住了陈厚德，轻声说："老陈，我……我们一辈子的交情了，按理我不该说这话。可是……可是如果不把小乐……小乐的手剁……剁了，换不来钱，我女儿可是一条命啊！"一提到女儿，老李立刻就显得情绪激动起来，"老陈，这样吧，反正我女儿换个肾也不需要二百万，我就再拿出五十万给小乐，他这一辈子就是好手好脚，也挣不来这个数啊……"

老李正说到这里，就听丁老板的手机铃声响了，丁老板电话接听到一半，面孔变得刷白，连连朝电话里喊："好好，我马上带瓶回来，你们一定要想办法拖，一定要拖到我回来！"

丁老板合上手机，上前一把抱住陈厚德，眼泪汪汪地说："老陈，刚才电话是我姐姐打来的，我父亲只剩一口气了。你知道，我是个孝子，如果不能让父亲闭眼睛前看到这个瓶子，我下半辈子永远不会安生……你……你就答应了吧？"

面对这种情况，他们一个是卖家要卖，等着用钱，一个是买家要买，等着看货，陈厚德有什么话可说？他眼泪"哗"地下来了，抚着小乐的头说："儿子，祸是你闯的，爸没法帮你了，你别怪爸……"他再也说不下去了,冲出房门外,站到了院子里。他怎么能忍心亲眼看着自己儿子的手被活活剁了?

此时在屋里,丁老板已经"刷刷刷"写下了一份协议,内容是小乐自愿被剁右手,他丁老板和老李各拿出五十万元作为给小乐今后生活的补偿。写完之后,三个人分别在协议上签下了自己的名字。随后,老李走进厨房,"哗哗哗"磨了一阵子刀,出来后,又找来一瓶酒精,抖抖索索地把刀消了毒。

丁老板说:"我来吧。"他用尼龙绳在小乐的右胳膊弯处紧紧缠了几道,用它来止血,然后让老李牢牢扶住花瓶。

小乐惊恐不已地扭过脸去,突然看见他爸正蹲在外面院子里,背对着屋门抽烟,这当儿他才第一次发现了他爸满头的白发,想起以往爸爸为自己付出了多少心血,他心里不禁一阵阵难过,眼泪"滴滴答答"直往下落。但事情已经到了这份上,他只能豁出去了,他右手连带着花瓶往桌子上轻轻一搁,就等着挨刀了。

丁老板把小乐右胳膊上的袖子往上挽了挽,低声说了句:"孩子啊,对不住了!"说完,他双手把刀高高举过头顶,嘴巴里"嗨"了一声,手里的刀带着一股风声就向小乐右腕砍了下来。

在这千钧一发之际,小乐忽然狂叫一声"不",身子猛地往后一缩,右手竟然生生地从瓶口里拔出来了! 只见刀锋从小乐的右手食指上掠过,那只蟋蟀也倏地从花瓶里蹿出来,三蹦两蹦没了影儿。

小乐死死捏着自己的手指,又哭又笑地喊起来:"爸,快来看哪,我的手……手抽出来啦!"

陈厚德闻声从地上一蹦三尺高,他冲进屋来,一看这情形,上前一把捏住小乐的手指,父子俩抱在一起悲喜交加,失声痛哭……

（许铭君）

（题图:魏忠善）

玩一把儿

一天晚上,玩古董的老安被一辆黑色轿车接出了门,直奔城北高级住宅区而去。老安曾经是个正儿八经的文化人,现在自己开了个古董店。他有句口头禅:"古玩古玩,玩玩儿而已。"老安玩出了名,就经常有人请他去鉴赏藏品,一些有身份的人也因为初涉这一行,悄悄在晚上把老安接到家里,请他掌掌眼,打个价,之后就塞给老安一个红包,有时候还有酒食伺候。今晚,老安就是被接去掌眼去的。

半小时后,轿车在一座别墅前停下了,老安万万没有想到,迎接他的别墅主人,竟然是掌管本城文教部门的一位大人物。老安想起来了,自己古董店开张的那张"特别许可证",就是托人经这位领导的手办成的。

　　例行的寒暄之后,领导把老安引进书房。老安一进屋,就看见黑色的案几上摆着一件瓷器,他只瞅了一眼,就愣住了:这东西前不久是在自己这里的呀!

　　原来几天前,有个自称是教师的年轻人经人介绍找到老安,直言不讳地说,他在外地教书,但找了个这里的老婆,夫妻俩两地分居十分不便,于是想买件古玩送礼办调动,因为听说负责这事的主管领导喜欢古玩。老安很同情年轻教师的境遇,听罢后便拿出一只清朝晚期的青花龙凤瓶,以三千元的行内价格卖给了他。现在看到青花瓶近在眼前,老安才知道年轻教师送礼办调动的对象就是眼前这个领导。

　　老安其实对这个青花瓶已经十分熟悉了,但他仍然装作很认真的样子,一边小心地摸着看着,一边在心里琢磨:毫无疑问,自己现在对这个瓶子的报价,将会决定那个年轻教师的命运。照实说的话,三千元钱一个藏品,领导肯定看不上,那年轻人调动的事肯定被砸。

　　想到这里,老安有了主意,他故作惊讶地连声赞叹道:"好东西,好东西呀!"

　　领导一听,来了兴趣:"说说看,怎么个好呀?"

　　老安不紧不慢地说:"这件青花龙凤瓶,应该是康熙中期所造,这是康熙青花最成熟的时期,你看这瓶子,它发色艳丽,胎体莹润,纹饰华丽,形制优美,好东西呀!"

　　领导问:"那它值多少?"

　　老安避开领导的眼睛,说:"这么,古玩这东西,价格是因人因时因地而论的,没有一概的定价,不过……"老安说到这里,突然换了一种十分肯定的语气,"根据现在市场上的行情,这件青花龙凤瓶,至少值这个数——"他边说边伸出指头打了一个"八"的手势。

　　"八千? 才八千?"领导一听,似乎不很满意,语气中带着一丝失望。

聪明的老安原先是将三千改成八千的,现在一看领导这个反应,急忙改口道:"不,八万!"

领导一听八万,顿时乐得眉开眼笑,他立刻很小心地用一块红绸子把瓶子包了起来。

从领导家里出来,老安出了一身冷汗,他没有想到自己竟鬼使神差大着胆子忽悠了领导一把。不过话再说回来,古玩这东西看走眼,在平时是很正常的事,可把这样一只青花瓷瓶说出八万元的价,也实在太离谱,所以此后几天,老安心里一直惴惴不安。

几天后的一个下午,老安古董店里来了一个手里拎着鼓鼓大包的人,老安定睛一看,来者正是几天前来过的那个年轻教师。他告诉老安,他的调动办成了,还给安排了个教导处副主任的职务,今天他是特地带了礼品上门来道谢的。老安得知,心里真是又高兴又感慨:如果不是如此忽悠,这小子能有今天这么的好事?可难道真要这么忽悠,才办得成事情?

就在年轻教师走后没多会儿,老安接了一个电话,对方说他就是上回文教部门那个领导的秘书,说是让老安今晚到领导家里去一趟。老安一听,心里顿时七上八下的,琢磨不透领导还要找他干什么,难道是那件事情被领导看出了破绽?

晚上,老安惴惴不安地踏进领导家门。一见面,领导笑眯眯的,领导显然是喝了点酒,有些醉意,兴致很高。老安一瞥眼,看到那个青花瓷瓶正放在领导的书桌上,他心里一"咯噔":难道今天找我来,还是为这个东西?

果然!只见领导看着老安,用商量的口气说:"老安啊,有件事你得帮我想个办法……我现在急着要用钱,我想了一下,是不是就托你把这个瓷瓶拿去?价钱嘛,你也说过,它值八万,我也不是贪财的人,你……就给我七万吧!"

老安做梦都想不到会有这档子买卖落到自己头上,他一时懵了:"这……这……"

领导很亲热地拍拍老安的肩膀,继续说:"钱嘛,你不用急,过两三天给也不迟,这瓷瓶你就先拿了去。对你,我能不放心吗?"

老安简直哭笑不得,他只好把青花瓷瓶捧回自己店里,心里郁闷得要命。他一连猛喝了好几杯闷酒,连抽了自己两个大耳光,直骂自己:我他妈的真是蠢到家了,玩了几十年的古玩儿,到头来反倒被那个狗屁家伙给玩了……

老安越喝越伤心,越伤心越想喝,一直喝到身子摇摇晃晃,脑袋晕晕乎乎,后来不知怎的伸手一晃,这个搁在桌上的瓷瓶竟被他一把拂到了地板上,只听"砰"的一声,花瓶摔成了一堆碎片。随着那一声响,老安瘫到椅子上,醉成了一堆烂泥。

夜深了,老婆见老安还没回家,就到店里来找他,一看他喝得这个样子,瓷瓶又碎了一地,心疼得直骂。

她一边骂,一边拿笤帚扫,忽然叫出了声:"看,这是什么?"她硬把老安推醒。

老安睁开醉眼,突然看到老婆手里捏着一沓钱,足有十万八万的,惊得酒全醒了。他跳起来问:"这钱哪儿来的?"

老婆说:"你问我?我正要问你呢!我是扫这堆瓷片扫出来的呀!"

这么说,钱原本就是放在瓶里的?是谁放的?肯定不会是那个办调动的年轻教师。领导家里进出人多,难道是哪个上门送礼的偷偷放的?

这个晚上,老安无论如何也睡不着了……

(魏永贵)

(题图:黄全昌)

古币失窃之谜

　　苏桐和田一都是古币收藏爱好者,不过苏桐在圈内已经小有名气,而田一才刚刚踏进圈子不久。

　　这天晚上,田一带了自己的藏品慕名到苏桐家登门求教,他想请苏桐替他的藏品鉴定真伪,也想趁此机会看看苏桐的藏品,让自己开开眼界。

　　苏桐在书房里热情接待了田一,不但很慷慨地把自己的藏品拿出来给田一看,还逐一帮田一把脉鉴定他带来的藏品,耐心地讲解给他听。两个人越谈越投机,大有相见恨晚之意。

　　可谁知当田一正要把自己最得意的一枚古币给苏桐看时,却发现古币没有了。田一的脸"刷"地就白了,眼睛瞪大了,眼光发直了,这是他所有藏品中最珍贵的一枚,明明带来的,怎么突然会没有了呢？

　　苏桐听田一说古币没有了，也替他着急："你好好想想，会不会放得太好反而留在家里了？"

　　"不可能的，"田一十分肯定地说，"我是想留在最后给你看，想给你一个震惊，所以才特地把这只盒子放在一边的。"

　　书房里自始至终只有他们两个人，所以田一说这话的时候无法怀疑苏桐，可又不得不怀疑苏桐。

　　苏桐愣住了，眼睛瞪得比田一更大："你的意思是说，你这枚古币是在我书房里丢失的？是我偷了你的？"苏桐一边说一边就"嗖嗖嗖"把自己身上的衣服脱下来，非要田一检查不可。

　　而田一一着急，索性就拉下脸面，把苏桐的衣服里里外外翻了个透，可是却什么也没有。房间里的空气顿时紧张起来，两个人一时都无语，只有书房一角那只猫头鹰，瞪着两只犀利的眼睛看着他们。

　　"真是荒唐！"苏桐非常生气，"我怎么可能做出这种见不得人的事来？"但是顿了顿，他还是通情达理地开口道，"算了，你的心情可以理解，我不和你计较。这样吧，"他瞥了一眼窗外漆黑的天空，说，"现在太晚了，你今天就别回去了，反正我家里有客房，就在书房隔壁，你可以睡那儿。或者，你也可以继续在书房里找你的古币，我奉陪就是了。"

　　田一当然不甘心就这么回去，想想还是先在这儿睡一晚再说。苏桐于是便把田一带到隔壁客房，随后他自己就上楼睡觉去了。

　　第二天早上7点过后，苏桐见田一还没有动静，就敲开了客房的门，开玩笑说："东西没了你居然还这么能睡？今天还找不找了？"

　　"你认为有这个必要吗？"田一用一种不可捉摸的眼光打量着苏桐。

苏桐感觉味道有些不对,张了张口,没有答话。

"你演的戏该收场了!"谁知田一一边这么说着,一边就径直走出客房,来到隔壁书房里,他对苏桐说,"怎么样,我看你还是自己动手,把你这盆五针松搬开吧?"

"你……你这是什么意思?"苏桐结结巴巴地问。

"嘿!"田一鼻子里"哼"了一声,看着苏桐,什么话也没说。

没想苏桐的脑袋竟立刻耷拉下来,尽管老大不愿意,不过他还是抖抖索索地照办了。

只见那盆五针松刚移开,盆下面就立刻露出一枚古币来。

田一目光炯炯地看着苏桐,说:"好一个堂堂正正的古币收藏家,你以为只有你才懂动物学知识? 你现在还有什么话说?"

原来田一的真实身份是警探。有人告发苏桐行骗有术,屡屡把他人珍品窃为己有,只是手法实在太过高明,让人无法破解,田一决定亲自上门与其较量一番。昨晚初登门,他就看出那只训练有素的猫头鹰其实是苏桐的搭档,猫头鹰向来有夜间外出觅食而将食物囫囵吞下的习惯,待得次日清晨,再将消化不了的骨头等吐出。苏桐正是利用猫头鹰的这一习性,昨天趁田一不注意时,偷偷将那枚古币夹在食饵中喂给猫头鹰吃,今天凌晨再悄悄潜入书房,等它吐出古币后将它藏匿在五针松盆下,从而窃为己有。

整整一夜,田中佯装在客房里睡觉,其实两只耳朵却无时无刻不在捕捉客房外的动静,所以苏桐的一切动作实际上都在他的监控之中。苏桐这下没了辙,只能要死要活地敲打自己的脑袋,骂自己混蛋。

喜欢以至于迷恋一样东西,原不是什么坏事,但是如果你看见喜欢的东西就想占为己有,那就离犯罪的深渊只差一步了。

(郑开慧)

(题图:箭　中)

公平

　　夜深了,古里克独自一人坐在自己书房的地板上。

　　古里克是声名显赫的拉维尔家族第五代传人,与哥哥贝尔共同继承家族的巨额财富。昨天,古里克收到一封信,是当地最著名的杀手集团天使公司用小飞镖"送"来的一张黑色纸条,上面写着触目惊心的两行字:平安夜十二点,你会平安到达天堂。

　　今天就是平安夜!而现在,时钟已经敲了十一下。

　　古里克一动不动地坐在那里,他面前的地板上放着一架天平。几分钟后,古里克缓缓伸展开右手,只见他掌心上有一颗红宝石在黑暗中熠熠生辉。

　　古里克把红宝石放到天平的一端,这一端猛地就一沉到底。古里克满足地笑了,他一边往天平另一端加砝码,一边喃喃自语道:"鸽血红啊鸽血红,你这世上独一无二的宝石,你这拉维尔家族的象征,你只有展现在我面前的时候才最动人啊!"

古里克全神贯注地盯着天平上的鸽血红,眼睛里似乎要喷出火来。他心里明白:天使公司一定是受自己亲哥哥贝尔的委托,要来夺走这颗价值连城的红宝石。自打昨天收到天使公司那封信之后,古里克脑海里跳出的第一个念头就是立刻带着红宝石逃走,但他随即发现,自己已没有可能再走出这栋别墅了,因为天使公司的杀手已经包围了别墅。他知道,这批家伙是一群非常职业的杀手,并且一向动手之前通报,而最后又总能逃脱警方的追捕。今天,他们会用什么方式来对付自己呢?

"当当当"午夜十二点的钟声响了起来,古里克从沉思中惊醒过来,他死死盯着房门,手心里汗水涔涔。这时候,屋子里静极了,只有午夜的钟声在整幢别墅里回荡。古里克似乎同时听到了自己的心跳,他不敢眨眼,等待着房门被打开的那一瞬间。

然而,十分钟过去了,没有动静。又是十分钟过去了,还是没有动静。古里克的心逐渐松弛下来,禁不住欣喜地笑出了声。他心想:也许是天使公司将计划取消了?也许是贝尔良心发现,念在兄弟情分上不杀我了?刚才极度的紧张,使他忽然感到异常困倦,禁不住阵阵袭来的困意,他迷迷糊糊盯着眼前的红宝石,竟渐渐睡着了。

不知过了多久,一个冷冰冰的东西顶上了古里克的额头,他一个寒颤从睡梦中醒来,看到面前站着三个白衣杀手,在他们背后,站着一个穿黑西服的人,他认出那就是贝尔。

贝尔从白衣杀手身后闪出来,蹲下身子,拿起放在天平秤上的鸽血红,天平马上向另一端倾斜下去,重重地发出"咚"的声响。"兄弟,我们又见面了!"贝尔说这话的时候并没有看古里克,而是端详着手中的鸽血红。而后,他才把视线移到古里克身上,说:"你知道,虽然我是你的亲哥哥,可我也没办法,谁叫父亲把财产都给你呢？而你竟还想独霸这颗红宝石！哼！"贝尔冷笑一声，"不过，没关系，现在就用我雇杀手的钱给你做安葬费吧！"

古里克知道自己只有死路一条了，他心一横，冷笑着说："嘿，你们不是向来讲究准时的吗？今天怎么迟到了？"

一个白衣杀手开口道："没错，我们向来讲究准时。你只是不知道罢了，昨天你房间里的这个钟已经被拨快了一个小时，现在才是十二点。"

另一个白衣杀手接着说："我们猜想你房间里可能会有定时炸弹，所以才这么做的。"

古里克没料到这批家伙昨天就已经行动了，他愤怒地把天平一端的砝码一个个拿起来，说："你们认为这么做公平吗？"

三个杀手一起冷笑。

贝尔咬牙切齿地说："公平？哼，世界上从来就没有公平，有人一出生就拥有财富及智慧，而有人则要一辈子忍受贫穷和苦难。"

古里克追问道："那么死亡呢？死亡总是公平的吧？"

贝尔笑了："是啊，人们说死神是最公平的了。"他边说边朝白衣杀手点点头，"我这就送你去死吧！"

"砰！"只听枪响了，古里克手里的砝码一个个滑落到了地上，伴随着"咚咚咚"砝码落地的声音，天平又恢复了平衡。

贝尔朝倒在地上的古里克瞥了一眼，阴冷地笑了。他和那三个白衣杀手转身就走，正打开房门，忽然"轰隆"一声，整个房间炸开了。贝克没有料到，古里克是把引爆的炸弹固定在自己脉搏上的，一旦自己的脉搏停止跳动，炸弹就会自动爆炸，对方自然也不能活着走出这个房间。

世上真的是只有死才是最公平的？

（柯善香、曹　昊）

（题图：箭　中）

珍 闻 趣 事

"有心栽花花不开,无心插柳柳成荫",把玩鉴赏这档子事儿,还真得讲求个缘分。

烧饼变古董

清代一学子，复姓司马，拜京师某鸿儒门下。恩师博通古今，尤擅古董收藏与鉴赏，名闻天下，司马在外地为官，常以恩师弟子自诩，令众人艳羡。

有一年，司马进京公务，途中在某县打尖，晚饭中有一道当地名点叫"褡裢火烧"，司马吃得甚是欢喜，于是吃罢便步入厨房，观看厨子烙制。

司马见烧饼呈长方形，边沿不规则，表面凹凸不平，立刻突发奇想，便又买了两个，快步回到客房，让随从速取文房四宝，然后将两个烧饼放在桌上，擦去浮油，将宣纸洇湿附上。不消一个时辰，又用棕刷捶，接着用绸包蘸墨汁拍打，将烧饼拓于纸上。

此乃金石转拓之法，可以清晰地将器物上的花纹留于纸上，见不到原物,鉴赏家也可据此拓片做出鉴定。司马精于此道,今日技痒,便以烧饼代之。

不消多时,拓片将干,司马轻轻将其揭下,只见花纹奇崛,古朴粗犷。他小心翼翼地将拓片夹入卷宗,打算进京拜望恩师时开个玩笑,幽它一默。

到了京城,办完公务,司马便兴冲冲去拜见恩师。他见恰有几位京城资深收藏家在恩师堂上交谈,于是便拿出烧饼拓片,让恩师及各位老师鉴定。

司马原想以此博大家一笑,不料恩师却紧锁眉头,仔细观瞧,沉吟半晌,向众位说:"此乃周朝遗物,纹理可辨,至于出于何年,某尚不敢断之。"

众先生随声附和。

司马根本没有想到自己仅仅是开个玩笑,却会是这样的结果,他肚子里暗暗叫苦,谜底揭也不是,不揭也不是,只得跟着"嘿嘿"傻笑。

此时,他的恩师发话道:"下次进京,将此物携来,我定仔细鉴定。"

司马只得连声称"是"。

几日后,司马返回任所,即给恩师写信一封,称:我在京期间,因家人疏忽,此物竟被贼人盗去。惜哉,惜哉!学生已派捕快缉拿盗贼。如获,即送京城。

司马心里慨叹:名家也有走眼的时候啊!

(茯 林)

(题图:俞耀庭)

神奇宝画

　　北京西城有个有钱人，人称花二爷。此人家有万贯，还总想占别人的便宜，胸无点墨，却自作聪明，经常偷鸡不着蚀把米。

　　这一年夏天，花二爷闲得无聊，便去西单闲逛。中午时分，他肚子饿了，想找个人蹭饭吃。正在这时，忽听背后有人叫他："花二爷，多日不见，我想得您好苦啊！"

　　花二爷回头一看，见是一位四十多岁的文弱书生，面很生，便问："您是……"

　　那人说："花二爷，您真是贵人多忘事，我是宝和斋的'智多星'呀，上次您在全聚德还请我吃过烤鸭哩！"

　　花二爷心里偷笑：只有我吃别人，哪有我请别人的呀？一定是他记错了。他心里这么想，嘴上却说道："是的，是的。您找我有什么事呀?"

智多星说:"花二爷,常言道'有来无往非礼也',您上次请我吃了烤鸭,今天,我请您到我家去吃烧鸡。"

花二爷听了差点笑出声来:真是好运来了推也推不开,我想睡觉有人给铺被子,肚子饿了有人请我吃饭。既然人家请了,不吃白不吃。于是就爽快地说:"那就打扰了。"

花二爷兴冲冲地跟智多星去了宝和斋,一看,气派还不小哩,雕梁画栋,曲径回廊,客厅里的摆设更是琳琅满目:唐宋官窑、明清古画。

其实,花二爷对这些古玩是擀面杖吹火——窍不通,但他却自作聪明,连声赞道:"好气派,好气派!"

智多星巴结似的说:"二爷真是有眼力,有眼力!"话锋一转,又说,"不过,这些还不是最好的……"

"噢?"花二爷问,"难道还有更好的?"

智多星说:"我家祖上都喜欢古玩字画,有一神奇宝画……"

"神奇宝画?"花二爷眼馋地说,"能否拿出来让我饱饱眼福?"

说话之时,忽听外面雷声阵阵,狂风大作,紧接着就"哗啦啦"下起了瓢泼大雨。智多星说:"二爷,您真是有缘呀,我家这幅宝画,只有在下雨天才能看出其中奥妙,这不让您给赶上了!"说着,他从内室拿出一幅画。

花二爷连忙接过展开,仔细观赏起来。这幅画是够老的了,宣纸已经发黄,上面画的是烟雨弥漫的群山之中,有一条小河缓缓流过,河上有一座木桥,桥中央有一个撑着雨伞的小孩,正顶风冒雨,艰难地一步一步往前走的样子。

花二爷根本不懂这画好在哪里,却装得像行家似的连声赞道:"好画,好画!"

智多星跷着大拇指笑道:"二爷果然是慧眼识宝物,佩服,佩服！"

这时，仆人进来对智多星说："先生，酒菜准备好了。"

智多星点点头，把画收起来，往旁边茶几上一放，然后吩咐仆人把酒菜端上来。这顿饭，两个人足足吃了两个小时，酒足饭饱之时，外面的风停了，雨也住了，天上还挂起了彩虹。

智多星突然问花二爷："二爷，您能说说那幅好画好在哪里吗？"

吃得醉眼蒙眬的花二爷说："让……让我再看看……看看画。"他说着从茶几上拿过那幅画来，展开一看，喊起来："不对呀，刚才这画上的小孩是撑着雨伞过桥的，可怎么现在伞夹在他腋下去了？这是怎么回事？"

智多星这才得意地炫耀说："二爷，您真是看得仔细，这正是这幅画的妙处哪！刚才天上下着雨，画上自然是满山风雨，小孩得撑着雨伞过桥。可您看，现在外面雨停了，画上的风雨自然也就不见了，小孩的雨伞当然要收起来，夹在腋下了啊！"

花二爷一听，连连称奇："妙，妙！真是幅神奇宝画。"

说起来，这花二爷有个怪癖，看到好东西都想买下来，现在见有这么幅神奇宝画，自然垂涎三尺，于是便向智多星提出要买这幅画。可智多星怎么也不肯，说这是他的传家之宝，他不能轻易出手，可后来实在经不住花二爷的软磨硬缠，便开价十万大洋与他成交。花二爷一听要十万大洋，心疼死了，可不买又不死心，结果缠来磨去的，好说歹说，最后还是智多星让了步，五万大洋给了他。

花二爷得了宝画，满心欢喜，拿回家左看右看，爱不释手。可又一想：不对呀，这画尽管神奇，可没人知道有什么意思？于是连忙向亲朋好友发出邀请，约定哪一天下大雨，就请过来欣赏宝画。

说来也巧，花二爷发出请帖的第二天，天上就"哗啦啦"下起大雨来了。花二爷高兴极了,他神气活现地对冒雨赶来的亲朋好友说:"我花五万大洋买得一幅神奇宝画,只要天一下雨,画上就满山风雨,孩子就撑着伞过桥;可是如果天放晴了,孩子手里的雨伞就会收起来夹到腋下去,画上的风雨也会不见踪影。现在外面正在下大雨,我把画拿出来,请大家先欣赏欣赏雨中的景色。"

听他这么一说,亲朋好友们个个都伸长脖子等着要看这幅宝画。

花二爷从内室取出画来,小心翼翼地放在书桌上展开。可谁知众人一看,却哄堂大笑。为啥?画上哪来的满山风雨,天空中明明是一道绚丽的彩虹;画中的孩子哪里是撑着伞过桥,那伞分明是夹在他腋下哩!

这一下,花二爷羞得满脸通红,恼得张口结舌,他甩下众位亲朋好友,抬腿就去宝和斋找智多星算账。

那智多星呢?好像是知道花二爷要来似的,跷着二郎腿正在宝和斋等着哩!见花二爷来了,就说:"二爷,您不在家里看宝画,冒这么大雨赶来,有什么急事呀?"

花二爷气急败坏地说:"你……你让我花五万大洋买张废纸?"

智多星一听,可生气了:"二爷,我咋骗您了?"

花二爷说:"你不是说,那小孩下雨时撑着伞,不下雨时夹着伞吗?可现在下那么大的雨,为什么画上这小孩是夹着伞的?你这不是骗人吗?"

智多星一听,乐了,说:"二爷,这哪是我想骗您?这要怪您自己。"

花二爷愣了:"怪我自己?"

智多星点点头:"对呀!我说要十万大洋,您只给五万,少了一半呀!"

花二爷问："怎么,五万就不灵啦?"

智多星说："不是它不灵,而是您没听清,我说的是十万大洋买一套。"

花二爷一听更糊涂了："什么叫一套?"

智多星说："一套就是两张,一张是撑着伞的,一张是夹着伞的。您只肯拿五万,当然只有那张夹着的啦!"

"啊?"花二爷听到这里,差点晕厥过去。

（**讲述者**：张道余）

（**题图**：箭　中）

仿 制 品

这天晚上,夜深人静的时候,有个蒙面汉子闯进一幢别墅,把正在熟睡中的老人推醒,吼道:"喂,老家伙,起来!"

老人睁眼一看,见蒙面人长得人高马大,手里还握着一把油光黑亮的枪,知道来者不善,不由结结巴巴地问:"你……你是谁呀?"两只眼睛死死盯着蒙面人手里的枪。

蒙面人得意地说:"看什么看? 这把枪可以送你上西天,知道吗?"

老人打了个哆嗦,连连点头说:"知道,我知……知道。求求你,把枪……枪收起来吧,你要什么,我给你!"

蒙面人喝道:"别啰唆,快起来,把保险柜打开!"

在蒙面人的威逼下,老人只得穿衣下床,移开屏风,按下机关,把保险柜打开。嚯,只见柜子里面塞得满满的,除了金银珠宝,还有不少藏品,蒙面人看得眼花缭乱。

老人说:"我做了一辈子古董生意,积攒下这么些东西,你如果喜欢可以拿,只求不要全拿光,稍稍给我留下一些,做个纪念。"

此刻,蒙面人早已乐得心花怒放,说:"好啦,我自个儿来。"他从带来的大皮包里摸出一根绳子,把老人绑在椅子上,然后就开始大把大把地抓保险柜里的金银珠宝和那些藏品,往大皮包里装,直到把大皮包装得鼓鼓的实在没法塞了,才对老人说了句"你歇着吧",扬长而去。

老人被绑在椅子上动弹不得,直到天蒙蒙亮,来给他做早饭的女佣人发现,割断绳子将他松了绑,他才打电话报警。

很快,警长就带着他的部下来到老人家里。他们听老人说了事情经过,又察看了现场。警长问老人:"蒙面人手里有枪?"

老人说:"对,他手里有枪,他用枪逼着我打开保险柜。"

"都拿走了什么?"

"金银珠宝,还有那些藏品,金表、古画,还有……反正柜子里的东西都被他拿得差不多了。"

警长一听,这可是个大案子:"那么多东西,价值连城呀?"

谁知老人却"嘿嘿"冷笑一声,说:"那些东西如果都是真的话,少说值几十个亿。"

警长一愣:"你这话是什么意思?莫非拿走的东西都是假的不成?"

老人得意地直点头:"没错,全是仿制品。"

在场的警察一听蒙面人抢走的是仿制品,不由松了口气。

唯有警长,依然紧绷着脸,他看着老人说:"你呀,这事可真够危险的!你想过没有,假如蒙面人是个行家,发现你用假东西骗他,说不定一怒之下就会开枪打死你。"

老人一点儿也不惊慌,胸有成竹地说:"我料他不敢!"

警长觉得挺奇怪:"不敢?那是为什么?"

老人笑了,解释说:"警长先生,您有所不知,他那把手枪也是仿制品。"

"这是你的判断?"

"不,鉴别一件东西是真是假,这是我的职业技能,所以他那把假枪怎么逃得过我的眼睛?我在这行做了多年,所以对这类劫匪早有防备。今天请你们来,只是想请你们尽快逮住那个蒙面家伙,免得再有人深受其害。拜托了!"

（编译者:郭瑞璜;讲述者:吴文昶）

（题图:箭　中）

一块钱的古董

人们都说,古董是无价之宝。可是,你听说过有一块钱的古董吗?

有个小伙子,叫卡尔,前不久失业了,至今还没有一家公司答应收留他。眼看这日子就没法过下去了,他做梦都在想着怎么使自己富起来。

这天,他实在无聊,就站在窗台前向外眺望,东望西看,目光不由落在了对面老教授家。老教授平时连窗帘也不拉,满屋子的古家具、古瓷器,都一目了然地"陈列"在他眼前。看着看着,他忽然灵机一动:干吗不弄个古董来,这东西能卖很多钱哩!

打定主意后,卡尔便动手做准备了。经过一段时间的观察,卡尔发现这个老教授出门一把锁,进门一盏灯,而且早上九点外出,晚上五点回家,作息时间分秒不差,到他家偷东西,从时间上讲,绰绰有余。他还知道,老教授养着一条狼狗,不过这没关系,那狗也是自己的老朋友了,他常在篱笆外面逗它,还喂过它骨头呢。

为防万一,卡尔特地到地下室取来一杆老枪,这枪是他曾祖父留下来的。他想把枪藏在大衣下面,可横着太宽,竖着又太长,斜着吧更加不伦不类。试来试去,他最后摸着老枪自言自语道:"老伙计,委屈你啦!"说着拿来锯子,将老枪的枪托锯掉了半截。

这样,老枪就被完全藏到大衣里面了。站到镜子前,在整齐的外表掩盖下,简直看不出任何破绽,卡尔得意极了。

这一天,和平时一样,老教授准时离家而去。老教授一走,卡尔立即翻过篱笆,轻轻跳进老教授家的院子。狼狗听到动静,狂叫着扑过来,卡尔忙扔过去一根大骨头,那狗果然乖巧了,看来真是天遂人愿啊!

卡尔立刻抢起老枪,用力砸碎窗玻璃,然后敏捷地跳进屋里。哇!他环顾四周,只见地上琳琅满目堆了许多瓷器,墙上挂满了字画,他简直看得眼花缭乱。想到这些都有可能成为自己的囊中之物,卡尔兴奋极了。

到底哪样东西最值钱呢?一个古色古香的瓷器,看来一定值不少钱!他手还没有摸热,一抬头,又发现墙上一幅看上去很陈旧的字画。不是说古董越古越好吗?这幅字画一定更加值钱!就这样,卡尔看看这个、摸摸那个,折腾了好一阵子,竟不知道该拿哪样才好。

就在这时,前门忽然被推开了,卡尔抬眼一看,不禁愣住了:老教授回来了!原来,老教授在路上发现一份重要文件忘带了,所以就赶回来取。

老教授进屋看到卡尔,惊问道:"你来这里干什么?"

卡尔根本没想到教授这时候会突然回来,一点准备也没有,好半天才反应过来,胆战心惊地拔出老枪,对准教授颤抖着声音叫道:"告诉我,这里的古董哪样最值钱,否则我就开枪啦!"

一见卡尔这个架势,老教授全明白了。他沉默片刻,微微一笑,说:"小伙子,你是想要古董啊?你知道吗,古董的价值是不能单纯用金钱来衡量的。真正的古董我怎么会放在家里呢?告诉你,你看到的这里所有的东西都是赝品。"

卡尔惊愕地睁大了眼睛,说:"我不信,你这是糊我。你必须告诉我,最值钱的古董是哪一个,否则我真的开枪了!"说着,卡尔下意识地把枪举高了一点。

老教授突然眼睛一亮,没有搭腔,反而走近卡尔,眼光落在了他的这杆老枪上:"你的枪托怎么少了一截?"

卡尔疑惑不解地说:"少啰唆,我自己截掉的,怎么样?你别动,再过来我马上打死你!"

"打死我?"老教授忍不住大笑起来,"小伙子,你这杆枪是打不死人的。不过,它是一件真正的古董,应该把它收进博物馆才对。"

"你说这杆枪是古董?"

"是的,信不信由你。我研究古董已经有几十年了,是不是古董,我一眼就能看出来。"

"那它值多少钱?"

"至少十万美元。它才是这儿所有东西中最值钱的东西。"

"啊,上帝保佑,我终于有钱了!"卡尔忘乎所以地欢呼起来。

"可是年轻人,"老教授说,"你高兴得太早了,这杆枪现在最多只值1美元。"

"为什么?"

"因为枪托已经被你锯掉一截了!"老教授平静地说。

(宗　伦)

(题图:箭　中)

最成功的律师

　　罗伯特非常有钱,在一次拍卖会上,他挫败各路富豪,以天价将一盒有史以来最名贵的雪茄烟买到了手。这样的贵重物品自然不可等闲视之,买到手后,为防止意外,罗伯特马上为这盒雪茄保了盗险、火险等数个险种。

　　本来罗伯特打算长期收藏保存这个宝贝的,可一个礼拜后,他实在受不了雪茄烟的诱惑,就拿出一支品尝起来。啊!这烟的味道果然不同凡响,他尝了一支,还想尝第二支。就这样一支接着一支地品尝,不到一个月,二十四支雪茄烟便灰飞烟灭化为乌有了。

　　这事本来就算完了,可是两天后,当地著名大律师迈克不知从哪里得到消息,突然登门来拜访罗伯特,开门见山地问他:"听说你为雪茄保了火险？"

罗伯特正在为白白花去一大笔保险费懊悔呢，便随口答了一声："是呀！"

迈克立刻笑容满面地说："恭喜你，罗伯特先生，你要发横财了！你现在可以以雪茄遭遇火灾为由，向保险公司索赔了。"

罗伯特听后差点没乐出声来："迈克先生，亏您还是个大律师呢，这盒雪茄是被我自己抽掉的，向人家索赔，开什么玩笑？"

可是迈克却没有一点开玩笑的样子，他认真地对罗伯特说："这你就别管了，我可以全权代理你的索赔事宜，保证让你得到一大笔赔偿金。不过话要说回来，这笔赔偿金里的一半，你要拿出来给我作为佣金。当然，若索赔失败，我分文不取。我以我的律师名誉向你担保，决不食言！"

罗伯特一看迈克这架势，不由怦然心动。他知道，迈克这样成功的大律师，不会打没把握之仗，自己不费吹灰之力就可以得到一大笔赔偿金，这种有赚无赔的好事，何乐而不为呢？

想到这里，罗伯特便下了决心："好吧，就这么定了！"

迈克笑着拍拍罗伯特的肩膀，说："这就对了，咱们一言为定！"

在迈克的指导下，罗伯特首先向保险公司索赔，说他的雪茄被一连串的"小火"烧没了。

保险公司老板一听，冷笑道："你开什么国际玩笑？"断然回绝了罗伯特的要求。

一方索赔，一方回绝，双方僵持不下，最后闹到了法院。

这下，迈克可有用武之地了。他作为罗伯特的代理律师，在法庭上唇枪舌剑、据理力争。法官虽然觉得罗伯特的索赔要求相当荒谬，但他必须依法办案，于是不得不宣布："在罗伯特先生与保险公司当初的保险契约中，并没有规定'火'的种类。也就是说，罗伯特先生点烟时的小火，并不能被排斥在火险的'火'字之外。因此,保险公司必须无条件赔偿罗伯特先生的损失。"

啊!胜诉了!罗伯特简直跟做梦一样,不敢相信眼前的事实,平白无故的,他竟获得了二百万美元的巨额赔偿金。

赔偿金很快就到了手,罗伯特喜出望外,按照事先的约定,他与迈克二一添作五,两个人各发了一笔横财。

当晚,罗伯特到一家高档酒店里大吃大喝了一顿,直到凌晨方才尽兴而归。第二天早晨,他刚从睡梦中醒来,酒还没醒透,迈克又不约而至。

罗伯特现在对他佩服得五体投地,赶紧把贵客请到客厅落座,笑嘻嘻地说:"大律师,您果真名不虚传,我真是太佩服您了。您这次来,是不是又有什么好事啊?"

不料迈克脸上却没有任何欣喜的表情,他沉默片刻,忧心忡忡地说:"噢,对不起,罗伯特先生,你有麻烦了。"

罗伯特一怔:"咱们的案子不是已经胜诉了吗?还有什么麻烦?"

迈克说:"是这样的,我刚刚得到消息,保险公司控告你犯有二十四项纵火罪,因为你烧毁了二十四支被保过险的雪茄烟。假如罪名成立的话,罚款倒在其次,恐怕你难逃牢狱之灾了。"

罗伯特大惊失色,一把拉住迈克的手,结结巴巴地说:"这、这、这是怎么回事……律师,你……你得赶快想办法救我!"

迈克咧了咧嘴,耸了耸肩,摇摇头说:"事到如今,已经没有什么办法了,因为上个案子是你胜诉,你的索赔要求和证词在这个案子里,都成了不利于你的铁证。"

罗伯特吓得腿都软了:"我……我把赔偿金都退给你还不行吗?"

（黄　胜　改编）

（题图：箭　中）

品 味 情 怀

"君子比德于玉",收藏不只是玩审美,还是养德性。得其韵而忘其利,才尽显好古博雅的大家情怀。

许郎中的药方

　　民国初年,江南水乡玉溪镇有个小儿科郎中,叫许纯义,三代祖传,在县城里有些名气。但他的诊所平时却比较冷清,原因是他用药太谨慎,经常量不足,他说小儿身子娇嫩,切不可乱用虎狼之剂。道理自然对,但问题是病好起来却慢,所以一般病家不大愿意把孩子送他这儿来。许郎中有四个儿女,家里吃口多,这样一来,生活就不免有些拮据。

　　有一次,许郎中连买米的钱都筹措不过来,偏偏屋漏逢了连夜雨,他自己感受了风寒,好几天卧床不起。屋里几张活口,少不来一顿,无奈只得让妻子去师兄寿天恒那里商借些钱米。这寿天恒是镇上第一号药铺"济仁堂"的东家,玉溪镇上竖指头的富商,寿天恒幼年曾师从许郎中的父亲学过医,和许郎中义属兄弟,开口自然容易些。

纯义妻子到了寿家,果然,寿天恒一点没有难色,当即从身边摸出几块银元递上,还说:"以后碰着手头紧时,尽管向我开口好了。"

过了几天,寿天恒自己过来了,见着许郎中,问了病情,说些闲话,十分亲热。扯起诊所生意时,许郎中连连叹气,寿天恒说:"这也怪不得师弟,是师弟运道还没来的缘故。"说到这里,他一双眼睛看着许郎中,似笑非笑地说:"其实师弟只是自己不肯走出一步而已,不然我可包了你发财。"

寿天恒的话说得许郎中丈二和尚摸不着头脑,他看看寿天恒,寿天恒却只笑笑,说声"改日我再来和师弟详谈",然后和纯义妻子打了个招呼,自顾去了。

寿天恒走后,许郎中跟妻子说:"你看,师兄到底是做生意的人,说话让人捉摸不透,我能走出什么去?"

妻子说:"师兄总不会平白无故和你玩笑,说不定他看着你这位'霉花郎中'的师弟一世里发迹不了,存心要拉你一把也说不定。等过几天他再来,听他怎么说。"

没几天,寿天恒果然又来看许郎中,许郎中就问他那天说的话。寿天恒眼珠骨碌一转,压低了声音说:"师弟,你手里不是收藏着一张胡僧的药方么? 怎么就不曾想到去把它变钱呢?"

许郎中猛一怔:师兄怎么知道有这回事? 他一脸疑惑地看着寿天恒,沉默不语。

寿天恒"卟卟卟"只顾抽水烟,一副慢橹摇船的神气,笑嘻嘻只等许郎中自己开口。

许郎中闷了半晌,说:"师兄,我许纯义虽说被你弟媳叫霉花郎中,却记得祖训医者仁术,虽然时运不济,生计艰难,但却丝毫不敢有其他的念头。师兄教我的这法子,请再不要提起。"

寿天恒放下水烟筒,看着许郎中,"呵呵"笑了一会,而后不紧不慢地说:"我说师弟,你还真有点迂,胡僧答谢你救命之恩,无非就是让你能换得钱么?我实话告诉你,当时胡僧一囊药丸,在我这里就换了一百大洋回去,临走时他告诉我,以后的生意就挑了你了。我看着你如此家境,才提醒你别忘了身边还有值钱东西呢!你自己仔细想想,就凭你现在诊所这样子,能撑到几时?"说完,起身要走。许郎中也不留他,他只好摇着头走出了许家。

看着寿天恒远去的背影,许郎中突然想起了五六年前的一件事情。

那是一个腊月天,连天的风雪把玉溪镇埋进了一片苍茫之中。早晨,许郎中刚卸下诊所门板,一眼就看见台阶沿上厚厚的积雪里蜷缩着一个异域打扮的胡僧,许郎中吃了一惊,连忙将他搀扶进屋,吩咐妻子烧热汤,自己亲自给他敷洗,总算把他救醒过来。胡僧说他是游方卖药的,路上遇着大风雪,到镇上时浑身湿透,加上又冷又饿,实在支撑不住,才倒在了许家廊下,多亏恩人救了性命。

许郎中为人忠厚,见这般天气,就留胡僧住了两宿,直到第三天早上天放晴了,才让他走。那胡僧也不多谢,临走前拉着许郎中的手说:"先生家境似不宽裕,贫僧无以为报,这里有一方子相赠。"说着,从怀里取出一张纸来。许郎中想推脱,胡僧硬塞进他手里,然后大步出了许家的门。

许郎中低头将胡僧塞给他的纸展开,一看,脸色顿变,急忙追出门去,可哪里再见胡僧踪影?他只得回身进屋,把这纸在箱子里头收好,想待以后碰着胡僧时再归还。他以为这事没第三人知道,不料胡僧存心报恩,把此事说与了寿天恒。

许郎中呆愣了许久,去箱底翻出那张纸,又写了一张借条,然后将它们一起揣进怀里,径直来到济仁堂。寿天恒看见许郎中过来,心里一喜,连忙让坐,端烟倒茶。

许郎中也不客套,从怀里将两张纸条取了出来。他将其中一张借条递给寿天恒，说："师兄，纯义屡承看顾，心里谢着，俗话说亲兄弟明算账，我借着师兄的钱，这张借条请师兄收好了，银元容我以后归还。"

寿天恒笑笑："既然师弟作真，这借条我收下就是。不过师弟大可不必记着这事，我不缺钱用，不会向你逼债的，你放心好了。"

许郎中点点头，说："欠债还钱，是做人的道理，我请师兄放心，银元是一定会还的。这里……"他把手里另一张纸，就是胡僧塞给他的那张，朝寿天恒扬了扬，接着说，"我原以为胡僧这张方子的事没有第三个人知道，不想师兄竟很是清楚。所以今天，我就在这里请师兄做个见证……"说到这里，许郎中把方子朝寿天恒燃着的煤捻子上一凑，那方子立时就燃了起来。

寿天恒初时没明白许郎中的意思，就只一怔之间，猛地清醒过来，立刻忙不迭地去抢，可那方子一大半已燃成了灰烬，只头上依稀还辨得几个字：如意春方。寿天恒顿足捶胸，竟一时说不出话来。

许郎中笑着说："师兄，这下你我可都不必再记挂此事了。胡僧的本意是想让我用它去换钱过上好日子，可你想，这教人为娼为盗的春药方子，留在世间会害死多少人啊！我们可不能为这违背做人的道理，坏了你我郎中的名头啊！"说完，许纯义朝寿天恒拱拱手，抬脚出了济仁堂。

许郎中甘守贫寒，不违背医德良心出卖春药方子的气节，令人钦佩。自古以来，金钱的诱惑就是一块试心石，它可以检验出一个人的内在品质。直到今天，世上还有多少人为金钱的漩涡所吞没？

许郎中的言行如同一面镜子，映照出了这些人的丑恶嘴脸，催人自省。

（徐自谷）

（**题图：黄全昌**）

无价的名画

　　小菊是一个十八岁的农村女孩，从老家到城里打工，好不容易才找到一个当保姆的工作，包吃包住，每月还有几百元的工资。小菊很珍惜这个机会，做事手脚非常勤快。

　　小菊的东家名叫王东发，是一家公司的老板。这天吃过午饭，王东发的妻子逛街去了，王东发在书房里打电话，小菊收拾完厨房，又去整理客厅。在擦皮沙发的时候，小菊突然觉得右胳膊上又痛又痒，一看是只大脚蚊子叮着，挥起左手就打，可蚊子却"嗡"一声逃走了。小菊又气又恼，追着蚊子满屋子转，"叭叭叭"拍得巴掌生疼，可还是不能把它"抓捕归案"。小菊决定不理睬它了，可是刚低下头想赶快把沙发擦好，蚊子又飞回来了，在小菊的耳朵边"嗡嗡嗡"不停地叫着，叫得小菊心烦。

　　小菊把手里的抹布一放，下定决心非把这只大脚蚊子抓住不可。她猛抬头，发现蚊子这会儿就停在沙发背后的墙上，于是轻手轻脚站到沙发上，照准这家伙伸手就重重一巴掌拍了上去。哈！大脚蚊子终于被"就地正法"，小菊可得意了。

　　王东发闻声走出书房来到客厅，看到小菊在沙发上觉得很奇怪，问她要干什么。小菊指着身后说："没啥，我打死了一只蚊子，待会我会把它擦干净的。"小菊说"擦干净"，是因为她身后，也就是沙发背后这面墙上，正好挂着一幅画，刚才蚊子就是停落在画上的时候被小菊打死的，所以画面上留下了蚊子的血痕。

　　可是王东发一听却脸色不对了，三步两步冲过来一看，画面上竟然留存着大脚蚊子的"残尸"，拇指大小的血痕已经在画纸上渗开去，十分惹眼。王东发气得挥手就狠狠打了小菊一个耳光。

　　小菊被打得莫名其妙，捂着火辣辣的脸说："王老板，我打蚊子有啥错？"

　　王东发气得嘴巴直哆嗦："你……你……你他妈的混蛋，你……你把老子的画给毁了！"

　　小菊不服气，哭着说："王老板，你别把我们乡下人不当人，不就是一幅画嘛，有什么了不起的？我把它擦干净不就好了？"

　　王东发大吼起来："你懂什么？你知道这是谁的画？国画大师董子林！你知道吗，这是国画大师董子林的名画《墨竹图》！这色调，这意境，现在全被这摊蚊子血毁了！你还擦什么？你擦得掉吗？"

　　"那……那我赔好了！"小菊到底不知道藏品画的讲究，一个"赔"字说得轻描淡写。

　　王东发却痛心疾首："哼，这是我花三万三千块钱买来的！三万三千块钱哪！你赔得起吗？"

　　小菊一听，顿时傻了眼，脸都吓青了，这才知道自己闯下了大祸,赶紧赔不是。可王东发就是不依不饶,小菊跪在他面前苦苦哀求,他想了想,说:"哼,我量你也拿不出这么多钱。这样吧,这幅画起码顶你在我家干十年的工钱,我就可怜可怜你,给你打个对折吧,你得无偿在我这儿干五年,咱们这笔账才算了结。怎么样?"

小菊只有自认倒霉,只好眼睁睁看着自己的身份证被王东发收了去。

这天晚上,趁妻子已经上楼去了卧室,王东发突然搂住正在客厅里拖地板的小菊,说:"乖乖,只要你肯听我的话,我再给你减一年,干四年活儿。"说着,一张大嘴就往小菊脸上凑,两只手在她身上乱摸起来。小菊拼命挣扎,王东发强搂着不放:"乖乖,你答应了我,我就再给你减一年,干三年就行。怎么样?"

小菊惊慌不已,使出全身力气硬是摆脱了王东发的强暴,甩头说:"我绝不会答应你的,我宁愿给你白干五年活!"说着,她一头冲进自己住的房间,反锁上门,伤心得失声痛哭。

王东发在门外咬牙切齿地说:"臭丫头,别不识抬举,总有一天老子要把你搞到手!"

小菊在房间里害怕极了,躺在床上整夜不敢合眼,她怎么也闹不明白,三万三千块钱可以在家乡买上一大片竹林,咋城里这么几枝歪歪扭扭的竹子画就要值这么多钱?自己辛辛苦苦干一个月,居然还不值画上这一片小小的竹叶?她心里突然冒出一个问号:这画真这么金贵?会不会是王老板在骗人呢?

这以后,小菊便借上街买菜、送王老板孩子上学的机会,一路打听去了好几家画店,可问下来都没有董子林的画。这天下午,她又借机去了一家"名人字画行",忐忑不安地走进去,见柜台里一位满头银发的老人正手持放大镜,在埋头鉴赏一幅画。小菊走上去问道:"大爷,请问有没有董子林的画?"

老人头也没抬,随口答声:"有。"

小菊心里一喜,怯怯地追问了一句:"那……他的画要多少钱一幅?"

"一万元到十多万元的,都有。请问你想要哪个价位的?"老人边说边就抬起头来,把眼光从手里的画移到了小菊脸上。但是这时候,只听小菊惊叫一声"天哪",竟一屁股瘫坐在了地上。老人吃了一惊,连忙把小菊扶到椅子上坐下,问:"姑娘,你怎么了,哪里不舒服?"

小菊两眼发直,好半天才结结巴巴地说:"没……没事,我……我是被钱吓的。"

老人打量着她,纳闷道:"看样子你不像是来买画的呀? 能不能告诉我,是怎么回事?"

被老人这么一说,小菊的泪水"扑噜噜"滚了下来,她抽泣着说:"大爷,不瞒您说,我是被董子林的画给害苦了……"她把事情原委一五一十全说了出来。

老人一听,既气愤又同情,好一阵安慰之后,才把小菊送出字画行。

小菊拖着沉重的双腿回到王老板家,知道董子林的画确实珍贵,她只有认命了,她对自己说:"熬吧,谁让自己这么命苦呢,熬过一天是一天了。"当然,她从此对王东发也格外警惕起来,能避开的时候就尽量离他远点儿。

可毕竟是在一个屋檐下啊,人家又是东家,小菊避得了一时,可避不了长久啊! 几天之后的一个下午,王东发瞅准机会,又对小菊使坏,把她死死压倒在床上。

正当小菊渐渐招架不住的时候,突然一阵急促的门铃声响了起来,王东发没办法,只好慌慌张张地爬起来去开门。小菊趴在床上"呜呜"地哭,心想:五年的漫长日子,躲得过初一,还能躲得过十五吗?

再说王东发开门后,见是一个陌生的老头站在门口,便没好气地冲着他问："你找谁？怕是按错门铃了吧？"

老人却朝他微微一笑，有礼貌地开口道："请问，这里是王老板的家吗？"

王老板不耐烦地"嗯"了一声。

老人又问："那……再请问一下，他家的保姆小菊姑娘在吗？"

小菊一听来人提到自己，急忙从床上跳起来，整整衣服，抹去泪水，走了出来。一看到站在门口的老人，小菊愣住了，原来老人就是那家名人字画行的大爷。小菊惊讶道："大爷，您怎么来了？"

老人朝小菊点点头，对王老板说："王老板，我是替董子林董大师来给你送画的。"说着，他也不理会王东发诧异的眼神，将手中的画徐徐展开。顿时，一幅构思精巧、大气磅礴的《万马奔腾》图映入王东发的眼帘。

王东发不由连声赞叹："好画，好画，这真是董大师的极品啊！"可王东发又丈二和尚摸不着头脑：董大师和自己素昧平生，咋会给自己送画呢？

老人见王东发满脸狐疑，就从口袋里掏出一封信递给他，说："王老板，董大师有书信一封，你看后就明白了。"

王东发受宠若惊地接过老人递来的信，打开一看，只见上面写着：

王先生：

　　听名人字画行龙老先生讲起小菊姑娘的境遇，我颇为同情和不安。我替小菊姑娘还你一幅画，希望你还小菊姑娘以自由。世上再珍贵的名画也是有价的，但人的自由无价，人的尊严无价。

董子林亲笔（印）

王东发看完信,脸涨得通红,神情尴尬地说:"董大师言重了,言重了,我只是对董大师的画偏爱罢了。"

龙大爷说:"怎么样,王老板,小菊姑娘欠你的账可以清了吗?"

王东发忙不迭道:"老先生,瞧您说的,董大师的话我还能不听吗?"他当即把身份证还给了小菊。

龙大爷却不依不饶:"那……小菊姑娘可以跟我走了吗?"

"当然可以,当然可以。"王东发唯唯诺诺,连连点头。

龙大爷立刻转身对小菊说:"姑娘,你自由了!如果工作一时没着落,欢迎到我字画行去打零工吧,什么时候找到合适的事儿了,你随时可以走。"

小菊早就感动得热泪盈眶了,此刻只是一个劲儿地朝龙大爷点头。

出门时,龙大爷突然想起了什么,回头对王东发说:"对了,王老板,还有一件事差点忘了。董大师让我一定转告你,你那幅画是赝品,因为他从来就没有画过什么'墨竹图'。我告诉你吧,本来董大师完全可以为小菊姑娘作证,支持她上法庭告你,但考虑到你花这么多钱结果买的却是一幅假画,你其实也是一个受害者,所以他愿意用一幅真画来换小菊姑娘的自由,同时也让你明白,人间真情其实要比任何一幅名画来得更金贵!"

"啊?"王东发听罢龙大爷这一番话惊得目瞪口呆,顿时惭愧得不知说什么好。

(曾有情)

(题图:箭 中)

铲地皮

　　刘亦守喜欢收藏，平时眼勤脚勤，有工夫就跑偏僻乡下，专门去"淘"自己喜欢的宝贝，俗话把这叫"铲地皮"。数十年来，靠着这铲地皮的办法，刘亦守陆陆续续搜集到了三百多件藏品，其中尤以价值七位数的金胎紫铜香炉为最。渐渐的，他在圈子里有了名气。

　　这天，刘亦守和往常一样，吃罢早饭就甩腿去古玩市场，在那里转悠。转到一个拐角处时，突然发现地摊上有一块青玉令牌，这玩意儿是自己藏品中没有的，于是便蹲下身来细看。

　　这是一块民国时候由某省都督签署的一笔上亿资产的解冻令牌。按说民国时候的东西，收藏价值应该不是很大，但既然能补自己藏品的空缺，为何不买下它呢？于是刘亦守便和铺主讨价还价起来,最后居然"杀"到原价的三折,以150元钱成了交。

付了钱,拿过令牌,刘亦守一边悠悠地继续在市场里转,一边不时得意地停下步子,端详手里新觅来的东西,周围人都以为他觅得了什么宝贝,纷纷拥过来看。

有个年轻人也上来凑热闹,谁知只一瞥,就大惊失色道:"先生,您这块令牌卖多少钱? 您开个价,卖给我吧!"

刘亦守抬头一打量,这个年轻人三十来岁年纪,一脸斯文样,不禁笑道:"小伙子,东西自然是喜欢了才买的,怎么能转手就卖了呢? 我不卖的!"说完,他把青玉令牌揣进怀里,甩开大步就朝市场外走去。

那年轻人不死心,跟在后面一路追着说:"先生,您就开个价嘛,出多少钱我都愿意买啊!"

刘亦守原本买下令牌只是给自己补个收藏的空缺,现在被小青年这么一追,心里不由打起了"格愣":莫非这令牌有什么来头? 那就更不能轻易卖了。他收住脚,回头对年轻人说:"你死了这条心吧,我说过不卖就不卖,别缠着我好不好?"

可那年轻人还是不肯停步。街边正是一家茶馆,年轻人对刘亦守说:"先生,您能不能赏脸进去小坐片刻,让我给您说说我为什么非要买您手里这块令牌的理由,好吗?"

刘亦守看他的神情,不像开玩笑,心想:也罢,就是不卖给他,听听关于这块令牌的来由,总没什么不好啊? 于是就跟着年轻人进了茶馆。年轻人要了两杯龙井,和刘亦守面对面地坐下来,一边品茶一边就开始讲述起来。

其实,关于这块令牌的来由并不复杂。这年轻人姓华,叫华为,华为的曾祖父当年就是签署令牌的某省都督手下一个师的师长,平时很得都督赏识。有一天,都督私下将一块青玉令牌交给华为的曾祖父,让他去国库帮自己提款,孰料返回途中,曾祖父手下一个军官竟带人窃取令牌和钱款悉数潜逃,还故意四下放风,说这一切都是曾祖父蓄意所为,令牌也是他一手伪造的。华为的曾祖父蒙受如此不白之冤,只好饮恨自尽……

华为说罢缘由,神情凝重地望着刘亦守说:"先生,这块令牌对您的收藏来说也许无关紧要,可对我们华家来说,它的意义就非同一般。三年前我大学毕业,好不容易在省城开起了一家规模不小的公司,自从手里有了点钱,我就发誓,一定要想尽一切办法找到当年的这块令牌,一定要还我曾祖父一个清白。"说到这里,他打开随身提包,拿出一张支票,"刷刷刷"填了一个数字,签上自己的大名,然后把它推到刘亦守面前。

刘亦守一看,愣住了:支票上的数字是"6"后面加4个"0",整整有60000。

华为笑笑,说:"这笔钱我是早就准备好了的。我做过古玩市场的调查,这种青玉令牌最多不会超过1000元,今天是老天爷让我撞见到您,我用60倍的价买下它,我想您应该不会吃亏了吧?"

刘亦守想想自己半天不到的时间,150元居然变成了60000元,这是哪世修来的发财缘哪!何况这令牌也不是什么真正值钱的东西,这种赚钱机会当然不能放弃。于是他客气了几句,就将这张支票收了起来,然后把揣在怀里的青玉令牌拿出来给了华为。

有了这样一次机缘,刘亦守从此就主动和华为交起了朋友,他常常请华为到自己家里来做客,给他看自己的藏品,总想什么时候再能从这个有钱人手里讨得便宜。而华为呢,也好像渐渐对收藏有了兴趣,刘亦守每给他看一件藏品,他都赞叹不已,拿在手里轻轻地抚摩,爱不释手。每每这种时候,刘亦守就得意得心里发狂,就忍不住要给华为一一介绍,自己是怎么铲地皮把这些宝贝给"铲"回来的。

有一天,刘亦守把自己的藏品之最金胎紫铜香炉拿出来给华为看，华为惊讶不已："这么贵重的东西，你也能铲地皮铲回来啊？"

刘亦守"嘿嘿"一声道："这是我去宜兴乡下的时候，从一个老太婆手里买来的。你猜我花了多少钱？才3000元哪！铲地皮嘛，就是要去铲的啊！"

时间长了，他们两个人的交情一日深似一日。

这一天，华为又上刘亦守家来，还带了一件明万历款的青花龙纹瓷罐，要刘亦守帮忙鉴定。华为有点不好意思地说："这个瓷罐其实是乾隆时期的仿品，是我那年去伦敦考察时，在一个古董商那里买的，当时实在喜欢，身上也正好有点钱，就花30000英镑买了下来。但因为不是真品，所以一直没好意思拿给人家看，更不敢向先生提起。现在既然和先生熟了，想来请先生看看也无妨。"

刘亦守接过华为手里的青花龙纹瓷罐，细细打量起来。他越看越发觉这个瓷罐其实是真正的万历货，这是一种未载入官方造册的珍贵礼器，起码值1000万。他心里激动得"怦怦"直跳，断定是华为和那个英国古董商看走了眼。

华为看刘亦守这么神情专注的样子，好像更加不好意思了，说："真是难为情，我这东西和先生的金胎紫铜香炉实在没法比啊！"

看着华为说这话时满脸羡慕的神情，刘亦守想到了一步妙棋。他朝华为微微一笑，说："小伙子，你也别小瞧了你的这个瓷罐，虽说是仿品，但做工精良，几乎能以假乱真，我看这东西起码也值个80万。"

"啊？能值这么多？"华为简直不敢相信。

刘亦守肯定地点点头："据我所知，这类精仿品存世量非常稀罕，所以升值是早晚的事，说不定数年后会暴涨到和我这只金胎紫铜香炉一样的价钱。"

"真的?"华为惊喜万分,于是就和刘亦守开起玩笑来,"那我就用这个瓷罐和先生交换香炉了呵!"

华为此言一出,就见刘亦守紧锁眉头,在房间里来回踱起步来。

华为顿时后悔不已,吐吐舌头说:"冒昧了,先生,我只是给您开个玩笑,您千万别当真……"

"不不不!"刘亦守站停下来,"我……可以考虑和你交换。"

"您说什么?"华为惊呆了,"先生,我只是开个玩笑而已,绝对没有真要和您交换的意思。"

刘亦守沉吟着说:"对我而言,香炉是至宝,对你而言,这个瓷罐同样是至宝。我的藏品虽说五花八门,什么都有,但从内心来说,其实我更喜欢收藏的是瓷器,因为我觉得瓷器最能反映我们民族精湛的制作技艺。你看,连高仿品都做得这么逼真,所以我乐意和你交换。"

如此出乎意料的结果,华为惊喜的程度可想而知。不过,他还是有点不放心:"先生,您真拿定主意要和我换?"

"那还有假?收藏嘛,本来就是做自己喜欢的事,不就图个开心嘛!"

于是,华为惊喜万分地捧着金胎紫铜香炉走了。而刘亦守呢,喜悦的程度绝不亚于华为,因为他心里十分清楚,他用金胎紫铜香炉换来的,其实是一件真正的万历货。

但奇怪的是,就此以后,华为就再没有来登过刘亦守的家门。起初刘亦守还以为是他怕自己反悔,故意躲着,可打电话过去老没人接,就觉得挺纳闷。

这天,邮递员送来一封信,刘亦守一看,是华为寄来的,他嘀咕道:"这小子,什么事情电话里不好说,还搞得这么复杂?"可是等打开信一看内容,他顿时脸色灰白。

华为在信里这样写:

刘亦守，我今天是要告诉你，我不叫华为，我讲的故事是假的。

你告诉我你在宜兴铲地皮，只花3000元就从一个老太婆手里买到了那个金胎紫铜香炉。你知道吗？你说的那个老太婆，就是我奶奶！当时你看我家里只有我奶奶一个人，就连哄带骗硬把我们传家之宝抢走，你用了什么手法，我后来从爷爷那里都听说了。我爷爷从此一病不起，半年后就撒手人寰。为这事，我奶奶一直觉得对不起全家，一直抑郁到现在……

如今，我拿回了本就属于我们家的东西，我想这不算过分吧？至于那块青玉令牌，我为什么要付给你这么多钱，现在你应该明白了吧？至于那个青花龙纹瓷罐，你可以把它放到水盆里浸泡一下，这样就会知道它到底是个什么货。要不要继续收藏，这当然得由你自己来决定。

也许，你会问我是怎么找到你的，我想细节就没有必要在这里一一说了。我想告诉你的是，我在大学里学的就是考古专业，课余时间，我还是我们学校话剧团的团长……

刘亦守恨恨地看罢信，沮丧地捧出那只用金胎紫铜香炉换来的瓷罐，盯着它愣愣地呆了半晌，他不甘心地走进厨房，小心翼翼地把瓷罐浸入水中，结果真看到了令他恐怖的一幕：瓷罐的罐底接触水之后没多久，就开始慢慢褪色，最后整块瓷片剥落下来。

"怎么可能？怎么可能会这样？"刘亦守失魂落魄地骂着……

（东　流）

（题图：刘斌昆）

家传的宝贝

　　有家古玩店,叫"雅士轩",既买卖古玩字画,也替人装裱和修复各类藏品。店主辛世忠是一名退休教师,喜欢这一行,多年下来对这一行也有点心得。

　　这天早晨,辛老师刚刚打开店门,一个骑自行车、穿夹克衫的小伙子走进店堂,从包里拿出一个脏兮兮黑不溜秋的东西放在柜台上,说:"师傅,您看看,能把这上面的锈迹除掉吗?"

　　辛老师戴上老花镜,仔细地端详起这个东西,怎么看都像是农村刨地用的镐头。一个破镐头,干吗要拿到古玩店里来除锈呢? 他觉得很奇怪。

　　辛老师怕自己看走眼,试探着问小伙子:"这是个什么东西啊?"

小伙子回答得倒是很干脆："一个镐头啊！"

辛老师一听，有点哭笑不得：他是来捣乱的，还是真的什么都不懂？于是委婉地说："处理这镐头，至少要经过三道工序。一是用水浸泡和清洗，二是要用化学制剂来给它除锈，第三嘛，还要镀一层专用防腐材料。依我看，这镐头值不了几个钱，反倒是这修复的费用……我怎么向你收取呢？要不，你还是去买个新的？"

谁知小伙子立刻就听明白了辛老师话里的意思，他从钱包里拿出两张一百元的钞票递过来，诚恳地说："师傅，您看够不？不够我可以再加。"

一看小伙子这样子，辛老师心里一个"咯噔"，禁不住脱口问道："年轻人，莫非……这镐头有什么来历？"

小伙子点点头："就算是一件……家传的宝贝吧……"

辛老师注意到小伙子欲言又止的样子，想到古玩店历来"宝贝不问出处"的老规矩，就赶紧说："那你两天后来取吧。"

送走小伙子，辛老师急忙给朋友打电话，约他来鉴别镐头。辛老师的这位朋友是研究青铜器的教授，来了之后，他用放大镜把镐头仔细察看了一遍，摇摇头说："看不出有什么特别之处！从质地看，应该是近代的东西，最多七八十年时间；从造型和制作工艺看，极其普通，应该就是一件家用的农具；从腐蚀程度和气味分析，我估计很有可能是这个年轻人盗了一座自认为年代久远的古墓，搞到这个东西自以为值钱，才拿来当宝贝让你修复。"

辛老师听了朋友这番分析，觉得有点道理。

三天后，小伙子如约来了。辛老师还想试探他一下，故作为难地说："年轻人，按理说，修复一个镐头你给这点钱已经不少了，可我们这里很少修复铁器，有两样防腐材料得去省城买，算上这路费……要我看，不就一个镐头嘛，你也别修了，我把钱退给你……"

　　谁知不等辛老师把话说完,小伙子已经把钱包从口袋里掏出来了:"师傅,我再给您三百,您看成吗?"

　　此时辛老师不能再推辞了,只好接过钞票说:"那你就再等三天,一定搞好。"

　　果然,三天之后小伙子一踏进店堂,就看到他送来的那个镐头已经完全翻修一新:上面所有的锈迹都不见了,镐头上黑黑的铁质透着深沉的光。

　　辛老师对小伙子介绍说:"我采用的防腐处理技术是最先进的,可以保证在常温条件下三百年不再生锈。"

　　小伙子显然对辛老师的手艺很满意,一再赞道:"太好了,太好了! 太谢谢师傅了!"

　　就在小伙子准备告辞的时候,辛老师还是忍不住好奇地问:"您家传的这个宝贝……有些年头了吧?"

　　小伙子点点头:"大概有六十多年了吧!"

　　辛老师心里不禁起疑:原来他知道这个镐头的年代啊,那为什么还要花这么多钱来整修它呢?

　　大概是小伙子看出了辛老师的心思,解释说:"其实,这镐头很普通,不值啥钱,但是它在我家的地位很特殊! 我爷爷曾经用它砸死了三个家伙,爷爷去世前说,要让这镐头陪自己躺在地下,家里人满足了他的心愿,在他死后把镐头放在棺木里作为陪葬了。可前段时间老家发大水,给爷爷迁坟时我看到这把镐头已经锈蚀得不成样子了,就临时决定不再让它和爷爷的遗骨随葬,打算到您这里整修后把它留下来,一代一代传下去……"

　　听了小伙子这番话,辛老师似乎有点激动:"你爷爷砸死的那三个家伙,是……一定都是你们家的仇人吧?"

　　小伙子点点头:"是的! 是家仇,更是国恨! 因为爷爷当年砸死的,是三个侵华的鬼子!"

小伙子说完,捧起镐头走了。辛老师一个人愣愣地站在那里,片刻之后,他突然回过神来,好像意识到了什么,从抽屉里抓起一把钞票,追出店门外,朝小伙子的背影喊道:"年轻人,你等等,我不收你的钱……"

（陶柏军）

（**题图**:安玉民）

真假玛利亚

　　第二次世界大战期间,在德国首都柏林的一条街上,有一家私人艺术陈列室,主人是一个叫伯杰的犹太人。

　　陈列室里展出的艺术品中,最引人注目的是一尊圣母玛利亚的木雕像,那精湛的雕刻技巧和优美的造型令人惊叹。曾经有收藏家想买这尊雕像,可一问价钱,吓得目瞪口呆,只好打消此念。从此,这尊价值连城的雕像名声不胫而走,慕名观赏者纷至沓来。

　　这天清晨,一辆三轮摩托车在艺术陈列室门前停下,一个男人从车上下来,上前按响了门铃。

　　伯杰来开了门,他对来人招呼一声:"对不起,先生,展出时间还没到呢。"可是来人却不说话,推开伯杰径直走了进去。

来人冷冷地对伯杰说："我是空军司令部的,我们元帅阁下知道你有一尊圣母玛利亚的木雕像,想借去欣赏欣赏。"

"啊……对不起,先生!"伯杰耸了耸肩,"我这个陈列室里的艺术品是从来不外借的。"

来人一听,气势汹汹地说:"元帅向你借,是看得起你!"

伯杰不卑不亢地回道:"先生,这雕像的主人是瑞士王子,它若是被借走,王子一定会认为已经拍卖成功,就会马上来拿钱的,可我把这里陈列室里所有的东西都卖了,也够不上这一尊雕像的钱呀! 当然,如果你的元帅按标价付了款,那就可以把它拿走。"

来人听伯杰这么一说,无言以对,只好悻悻离去。

伯杰望着他的背影,不安的阴影袭上了心头。他知道,来人说的这个元帅不仅凶暴残忍,而且还有掠夺艺术品的嗜好,常常将掠得的珍品占为己有,藏在司令部或狩猎行宫中。现在他既然看中了这座木雕像,恐怕不会就这么善罢甘休。

果然,过了两天,那个男人又来了,皮笑肉不笑地对伯杰说:"先生,元帅决定买下雕像。"

"买?"伯杰很惊讶。

"对,给你十万马克。"

"那怎么能行……离标价差远了!"

两个人争执起来,伯杰毫不让步,一马克也不肯退让,男人只好怒气冲冲地拂袖而去。

可是当晚天黑时候,一伙士兵突然包围了陈列室。伯杰听到声音不对,赶忙从陈列架上取下木雕像,小心翼翼地想把它藏起来。但是已经来不及了,士兵们撞开陈列室的门冲了进来,他们不仅捣毁了陈列室里所有的艺术珍品,还揪住闻声赶来的伯杰太太的头发,把她捆了起来。

为首的是一名中尉,他一把夺过伯杰手里的雕像,吼道:"你这个下贱的犹太人,你为什么要死护住这座雕像?"

伯杰朗声回道:"我保护它,是因为这尊雕像是瑞士王子委托我出卖的。我刚接到他关于雕像降价的通知,相信你们元帅阁下会对新价格感兴趣的。"

"叭叭"中尉给了伯杰两记重重的耳光:"胡说! 元帅如果想要这雕像,还用付钱给你?"

"但是,"伯杰擦了擦嘴角流下的血,说,"我深信,你们元帅阁下宁愿合法地得到它。你何不把这座雕像和我一起带到你们元帅那里,让他自己来决定?"

中尉想了想,觉得这样做有可能使自己博得元帅的欢心,于是就同意了伯杰的意见,将他带到元帅豪华的办公室里。

"阁下……"中尉刚要说话,就被元帅打断了,元帅说:"我知道你会把雕像和伯杰一起带来的。"

"是的,阁下,他还说,您会对新的价格感兴趣的。"

"可是,"元帅转向伯杰,"我怎么能知道这是真雕像而不是赝品呢?"

伯杰好像知道元帅会问他这个问题似的,立即将临来时盖在雕像上的布揭开,说:"阁下,请注意这里,雕像的头顶部,您可以看到比其他任何地方都深的印记。"

望着元帅怀疑的目光,伯杰继续说道:"这印记是深入到木头内里去的,从来就是根据这个印记来识别雕像真假的。"

"那么,王子告诉你的新价格是多少呢?"

"15 万马克。"

"有多少是你的佣金?"

"不要佣金,阁下,我只要求释放我的妻子,允许她到瑞士去。"

"唔……"元帅沉吟道,"可以安排。"

伯杰一听,又"得寸进尺"道:"我再请求一件事,其实那也是王子的要求，请允许我制作一个完全一样的复制品，放在陈列室的原处。王子最近因为手头拮据，需要卖出真品，但又感到丢脸，所以他不想让任何人知道他已经没有这件真品了。"

"好吧。"元帅好像显得还比较通情达理，说，"不过这复制品的钱不能算我的，你得自己去想办法。做好后，你得把两个都拿到我这里来，我付真品的钱，复制品你邮寄给王子。"

"不不不，"伯杰连连摆手，"阁下，请原谅，王子叫我亲自将复制品送给他，因为他的朋友们都知道真品在我这里，若毫不保护地邮寄过去，他们会起疑的。"

元帅听了沉默不语，他盯着伯杰看了一会儿，说："你很会讨价还价，不过你的话好像还有些道理。好吧，把雕像拿去做复制品吧，但要赶快做。"

伯杰于是就拿着雕像走了。

中尉问元帅："阁下，您不怕他跑掉？"

元帅哈哈一笑："他敢？"

当晚，伯杰的住所就被警察严密监视起来了，但他们并没有发现伯杰夫妇有什么异常的举动。于是第二天，伯杰太太就获准先离开德国前往瑞士，过境检查时，发现她只带了一些换洗的衣服。

几天后，伯杰的雕像复制品做好了，元帅认可后，洋洋得意地说："伯杰，我已安排你明天去瑞士，今天我就把钱汇给王子，你见到王子时替我向他问好。"然后便命令中尉把伯杰送出司令部。

第二天早晨，伯杰带着复制的雕像登上了开往瑞士首都伯尔尼的火车。与此同时，元帅在他的办公室里得意洋洋地欣赏圣母玛利亚的木雕像，他左看右看，远看近看，上看下看，看着看着，脸色突然变得苍白起来。他发现：雕像头顶部的那块深色印记没有了。

"这个下贱的犹太人,他把我给骗了!"元帅发疯似的大叫起来,随即命令中尉,叫他立即坐直升机赶到德瑞边境,把伯杰抓回来。还有,一定要把他带走的那个雕像也拿回来,那个才是真的。

这时,伯杰乘坐的火车已经到达了德瑞边境,需要进行过关检查后再继续前行。伯杰紧抱着雕像从车上下来,向海关走去,经过海关官员检验后,伯杰正要往车上走,没想到混在旅客中的中尉突然出现在他面前。中尉压低了声音对他说:"我口袋里有一把枪,德国边境就在几步之外,你自己走回去,否则我就杀了你。"

望着中尉那明显凸起的口袋,伯杰只好顺从地转过身。但伯杰还没有开步走,突然又有三个瑞士军人把他拦住了,其中一个军人问他道:"您是伯杰先生吗?"

伯杰点点头。

"您被捕了,因为您企图将一件艺术品走私出境。"说着,三个军人立即将伯杰推搡着就要带走。

中尉一见急了,故意做出一副仗义执言的样子,向瑞士军人提出抗议,但瑞士军人根本不理睬他,他只好眼睁睁地看着瑞士军人把伯杰押上了一辆汽车。

三个小时后,伯杰被带到了一处府邸,原来是瑞士王子的王府,满脸泪花的伯杰夫人也在那里,她紧紧地和伯杰拥抱在一起,为丈夫能够虎口脱险而庆幸。

瑞士王子说:"很抱歉。伯杰先生,我预感到你一定会被跟踪,这是我唯一可以采用的保护你的办法,请你原谅。"

"不不不,"伯杰心存感激地说,"殿下,实际上您救了我的命,我真不知道该怎么感谢您才好。"伯杰一边说着,一边就把手里的雕像捧给王子。

王子疑惑地说:"元帅曾打电报来问我,雕像头顶部到底有没有印记,这里一定有什么原因吧? 这到底是怎么回事呢?"

伯杰笑了,说:"殿下,不瞒您说,那天我正在忙活,手上沾了不少油,那家伙派人来搜查时,我原本想把雕像藏起来,慌忙中把油沾到雕像的头顶上了。其实这种油沾在物体上,第二天就会完全消失,可它却帮我想到了个好主意。于是我把雕像给元帅看时灵机一动,就骗他说这是区别雕像真假的特殊印记,后来在做复制品时,我就故意在头顶那个部位用油沾上印记。"

"这可要冒很大风险的啊,"王子听了不免感到后怕,"一旦被那个家伙识破,后果不堪设想!"

伯杰点点头,说:"虽然要冒风险,可是我应该这么去做,这不仅仅是为了信守对您的诺言。我这样做就是要让他们知道,人们决不允许他们这样胡作非为下去,他们迟早会有灭亡的那一天!"

这个元帅败在艺术商手里的消息,很快成了各家报纸的头版头条。伯杰对空军元帅的胜利,成了1945年法西斯纳粹彻底失败的象征,也成了爱好和平的人们的美谈。

(董　轶　编写)

(题图:箭　中)

画像里的阴谋

　　拉姆莱是位做字画生意的中间代理商,住在伦敦。这天,做木材生意的美国富商斯奈思来找他,说有件事想请他帮忙。

　　原来,斯奈思的业余爱好是参观各地画廊,收藏字画。去年他在法国买到一幅十八世纪法国肖像画家格勒兹的少女肖像画,可惜那只是幅临摹。最近他来伦敦和一位勋爵谈生意,竟然在勋爵书房的壁炉架上看见了原画,被镶装在一个金色的相框架里。他于是便借谈生意的机会,带着他的行家朋友屡次上门,朋友证实,那原画确是真品。

　　斯奈思对拉姆莱说:"据勋爵的管家说,那画是五十年前勋爵爷爷买的,我朋友估计它目前值三千英镑,我想把它买过来,请你替我弄到手。"

拉姆莱一听,沉吟道:"既然这画是他爷爷传下来的,勋爵不大可能会卖掉吧?"

斯奈思说:"正是因为这个缘故,我才来找你帮忙。"说着,他从皮包里取出一件用棉纸包着的东西,小心地揭开,里面是一幅用镀金框架镶装的少女肖像画,看上去精美绝伦。斯奈思说:"这只是一件临摹品,但和我看到的勋爵家里的那幅原画几乎一模一样。据我所知,勋爵爱面子,但他最近手头有点紧。你可以趁此机会去拜访勋爵,给他看这幅画,直截了当告诉他这是一件临摹品,就说有人拿这幅画,再加二千英镑,换他的原画。这样,他既拿到了钱,又不失面子,就算以后别人发现这画是假的,也只会以为是他爷爷当年没有眼光,买了假画。事成之后,我付你二百镑佣金。怎么样?"

"二百镑?"这个出价远远高于一般佣金价格,拉姆莱心里一阵惊喜,但他不免有些起疑,"您为什么不亲自去和勋爵谈谈呢?"

斯奈思叹了口气,说:"你不知道,不久以前我曾经和他谈过一次木材生意,闹僵了,要是现在我自己去找他,准保碰钉子,所以想来想去,还是请一个中间人办这事比较保险。你好好跟他谈,要是二千镑打不动他,可以考虑再加一千镑,这件临摹品就算白送给他了。"

原来是这样!拉姆莱于是便点头道:"好吧,那我试试。"

斯奈思见他答应了,当即掏钱,又叮嘱说:"你千万不要在勋爵面前提起我,别让他起反感,否则这事儿怕谈不成。今天是星期二,夜里我要去巴黎,星期五下午返回,我想星期五傍晚六点来取画,因为回美国的邮轮七点要开。三天时间,行吗?"

"明白了,"拉姆莱耸耸肩,"我尽量争取吧,说实话,三天时间够紧的!"

第二天,拉姆莱彬彬有礼地来到勋爵家里,在客厅落座后,他就直截了当对勋爵开口道："勋爵先生,我是一位中间代理人,今天来找您,是受一位美国富商的委托,因为事成之后,我可以得到二百镑佣金,所以,我希望您能充分考虑。"

勋爵一听就笑了,挺和蔼地问："你那位委托人有什么要求呢?"

拉姆莱从皮包里取出斯奈思的那包东西,谁知刚一揭开棉纸,勋爵竟惊呼起来："哎呀,我的东西怎么到了你手里?"

拉姆莱笑着解释："别紧张,勋爵先生,这只是一件临摹品。"

"临摹品?"勋爵将拉姆莱手里的东西细细审视了一番,连连惊叹,"要不是你说明,我还真以为就是我们家的呢,我带你去看看,就连画框都一模一样。"

勋爵引拉姆莱来到书房,拉姆莱一看,壁炉上果然有个相架,把真假两个放在一起,真的很难分辨出来。

勋爵指着书房里一把扶手椅,对拉姆莱说："坐下说说你的来意吧!"

拉姆莱于是就坐下来,把斯奈思的要求说了一遍。

"这可真是一桩古怪的交易!"勋爵在拉姆莱对面坐了下来,沉吟道,"我给你说实话吧! 其实我一向以为我爷爷的这幅画是复制品,即使是真的,也从来没有想到它会值你委托人提出的这么高的价。所以,既然如此,我想就答应他的要求吧!"

拉姆莱没想到居然能这么快就谈妥生意,很兴奋,连忙把钱掏了出来。

勋爵点过钱,写了字据,又把壁炉架上他自己的那个原画相架递给拉姆莱,说："我不想让你的委托人上当。这样吧,一个月内如果他发现这是复制品的话,我可以把钱退给他。"

拉姆莱没想到勋爵竟是这么一个善心的人,接过字据,连声道谢。

回去路上,拉姆莱遇上好友多布斯,多布斯是皇家艺术学会的会员,平时常跟拉姆莱一起打高尔夫球。拉姆莱突然很想听听多布斯怎么评价勋爵的画,于是就把多布斯一起拉到自己家里,从皮包里取出从勋爵家带回的相架给他看,问他:"你觉得这幅画如何?"

多布斯看得很仔细,说:"怎么回事?这应该是一件复制品。"

"复制品?你能断定?"拉姆莱愣了愣。

"那当然!这幅画相当有名,"多布斯打趣道,"除非你刚从巴黎把它偷来。原画一直挂在卢浮宫博物馆里!"

拉姆莱目瞪口呆:"你这话当真?这是一位美国富商花二千英镑专门让我去替他买的呢!"

"我的老天!你不是在开玩笑吧?"多布斯惊叫道,"这原画最多也不过值一千二百镑。"他用手敲敲相框,"这种复制品嘛,四十镑了不起了!"

拉姆莱越听越吃惊,多布斯走了之后,他还一直在想这个事,越想越起疑:斯奈思既然经常参观各地画廊,他就应该知道这幅名画,应该知道它的原画是挂在卢浮宫里的,勋爵家里的也是赝品;而且他也应该了解这幅画的行情,为什么要出这么高的价格来收购勋爵家的赝品呢?拉姆莱决定向伦敦警察厅报案!他赶到那里,探长亲自接待了他。

拉姆莱叙述他的奇遇,探长起先一言不发地听着,可是一听到勋爵的名字,眼睛顿时亮了起来,他取出一宗案卷,从里面取出一叠照片,递给拉姆莱,说:"请看看这些人!"拉姆莱接过一看,全是些模样普通的男男女女,他不免有些疑惑,不知道探长要他辨认什么。正一面看着,一面心里猜疑着,突然他在这些照片里看到了一张斯奈思的,不禁大吃一惊:"就是他!就是这个人托我去换画的。"

探长一看,高兴极了,说:"太好了,拉姆莱先生,你帮了我们一个大忙啊!"他想了想,又说,"拉姆莱先生,我能不能借用一下那幅画,明天傍晚五点,斯奈思回来找您之前还给您?"

拉姆莱当然答应啦,于是探长就跟他去他家拿画。

第二天傍晚五点之前,探长准时把画送回来了,探长身后还跟着一名警官。

探长对拉姆莱说:"拉姆莱先生,画我送回来了,只是换了一个框架。待会儿斯奈思来,如果他发现框架换过了,您就说是您不小心碰坏,所以才换的,向他道个歉。旧框架我也带来了,你先留着,如果他要,也给他。我们现在到隔壁房间去,你在这儿等他,别让他知道我们在。明白吗?"

"明白。你们放心吧!"拉姆莱点点头,不过说实话,他心里有点紧张。

六点钟,斯奈思果然上门来了,进门就急切地问:"事情办得怎么样? 成交了吗?"

拉姆莱小心翼翼地回答说:"成交了,先生。不过,勋爵说他那画也是复制品。"

斯奈思似乎并不显得吃惊,反而兴奋地说:"哦,没关系,把东西给我吧!"

拉姆莱于是就把刚才探长送回来的相架取了来,递给斯奈思。

斯奈思按捺不住激动的心情,一把抢了过去。可他只看了一眼,脸上立刻变了色:"不对不对,不是这个!"他嚷道,"原先不是这个相架。"

拉姆莱赶紧按探长教的说:"是我不小心把它掉在地上,摔坏了一个角,所以特地帮你换了一个。不信你看,旧相架还在呢!"

斯奈思一听,似乎松了口气,嚷道:"你干吗不早说? 旧相架我也要,快去拿来。"

拉姆莱于是又去把原先的相架拿了来。

斯奈思熟练地把相架翻过来看,突然就"砰"的一声把它砸在桌上,面色铁青地说:"你这个窃贼!限你十秒钟,不说就送你上西天。"说着,他拔出手枪,对准了拉姆莱。

就在这当儿,忽然,斯奈思身后响起一阵冷笑声:"嘿嘿嘿嘿,别这样,有话好好说嘛!"斯奈思大吃一惊,回头一看,探长和警官正举枪对准了他,他手一软,枪掉在了地上,警官立刻扑上去,把他铐住了。

探长对拉姆莱说:"很抱歉,拉姆莱先生,我们想用这样的办法证实,这家伙真正想要的到底是相架还是里面的画。只是让您受惊!至于事情的真相,我们相信很快就会清楚的。"探长说完,重重拍了拍拉姆莱的肩,然后把斯奈思带走了。

果然,两天后,拉姆莱应约来到警察厅,探长正等着他,而且勋爵也在。

勋爵一见到拉姆莱就张开双臂迎了上来,热情地说:"拉姆莱先生,您的行动真让我佩服,我要真诚地向您道谢。"

拉姆莱愣住了,惶恐地说:"可是……可是您为什么要这么说呢?"

探长在一边笑了,解释说:"拉姆莱先生,您那位好朋友多布斯估计那幅画值四十镑,而斯奈思却对您说它至少值二千镑。他们说得都不对,那幅画其实值四万五千镑。"

拉姆莱一听,惊讶得简直透不过气来:"不是……不是说这是赝品吗?怎么也会值那么贵?"

"您想知道原因吗?拉姆莱先生。"探长转身从身后的柜子里取出一个小盒子,打开,拉姆莱看到里面是一串银光闪闪的珍珠项链。探长说,"这是勋爵夫人最喜爱的一串项链,价值四万五千英镑,夫人平时不佩戴的时候,是把它放在保险柜里的。但是六个月之前,这串项链竟被人偷走了,窃贼就是斯奈思。勋爵夫人的侍女露西尔,是斯奈思的老相好,常在斯奈思面前提起勋爵夫人的这串项链,斯奈思于是混进勋爵家里当了一名仆人,有一天趁勋爵夫妇外出,设法撬开保险柜的锁,把项链偷走了。后来勋爵夫妇回来发现,立刻报案,在调查过程中,我们很怀疑斯奈思,可又抓不到确凿证据。一个月后,斯奈思辞职离开了勋爵家,他知道我们在怀疑他,所以不敢把项链随身带出去。我们断定项链仍然在勋爵家的某个地方,可是却搜寻不得……"

拉姆莱听到这里明白过来了:"斯奈思自己没办法把项链带出去,所以就把它藏在这幅画的画框里面,然后再找机会借口买画,通过我这个中间商,连画带项链一起弄出来。"

谜底终于揭晓了! 勋爵为了感谢拉姆莱,不仅退还给他二千镑,还额外酬谢了他一千镑。勋爵认为这位代理人劳苦功高,理应受赏。

(李新民　改写)

(**题图**:箭　中)

老怀表上的 十二颗钻石

　　谢波德先生是一位颇有声望的珠宝鉴别家,而且他自己也开了一爿珠宝行,生意十分红火。如今他考虑的是,偌大的家业,哪个子女最有潜力来继承。

　　对于一个从事珠宝鉴别的人来说,不仅需要具备精深的专业技能和广博的知识阅历,而且更需要一种职业性的天赋,在谢波德的子女中,小儿子斯丹无疑是最合适的人选。斯丹从小就对珠宝表现出了一种天生的鉴赏天赋,他对各种珠宝的质地、同类质地珠宝的不同成色,以及真伪的辨别等等,只要稍加点拨,便能掌握十之八九。于是谢波德先生就悉心培养这个儿子,有意识地带他去参加一些大型的珠宝展和拍卖会,给他讲述世界上各种珠宝的传奇和鉴别技巧,后来又送他去法国、瑞士进行专业学习。

　　按说,有这样一个聪明的儿子,谢波德先生就完全不用再担心自己的事业后继无人了。可是斯丹有一个弱点,却让父亲对他又很忧心,那就是斯丹对别人的轻信。

　　斯丹从小就心地善良。在家里,只要哥哥姐姐们随便说个理由,他总是有求必应;在学校里,他也总是不遗余力地帮助别人。但谢波德先生私下了解过,他哥哥姐姐的所谓"理由"和那些同学的所谓"困难",其实水分很大,都是被夸大了的。换句话说,就是他们利用斯丹的善良来满足自己的愿望。

　　谢波德先生不止一次地把实情告诉斯丹,希望他能有所感悟,可斯丹不为所动,依旧我行我素。谢波德先生无话可说了,他知道,这是儿子与生俱来的一种本性,然而这种善良宽厚的本性,在时刻充满着伪赝、阴谋与欺诈的珠宝鉴别行业,又恰恰是一个大忌。谢波德先生因此非常担心,如果斯丹改不了轻信的秉性,日后就很难在这个领域立足。

　　果然,在斯丹二十二岁的时候,谢波德先生的担忧终于成了现实。

　　那年,斯丹刚大学毕业,开始在谢波德先生的珠宝行实习。有一天上午,谢波德先生外出办事,午后回来听行里的职员说,斯丹以十万英镑的价格收购了一块十七世纪瑞典国王的加冕纪念怀表。谢波德先生来到内室,打开保险柜,果然看见里面有一块怀表,表壳和表链是纯银的,镌刻着非常细腻的花纹,在表的背面,还刻有十七世纪的瑞士皇家徽章和年份。

　　谢波德先生怦然心动,他把怀表拿到台灯前,就着灯光仔细掂量和咂摸,从成色上判断,这块怀表正是当时瑞典国王的加冕纪念品。谢波德立即想起资料上的记载,这种加冕怀表当时一共只制造了十块,是作为新王加冕的礼物赠送给十位功劳显赫的大臣的。为防止伪造,当时瑞典皇室特地分批请来瑞士最好的表匠和工艺师,用了长达两年的时间才完成,每批人员只负责其中一个部分的制造,完工之后,怀表的设计图和模具就被统统销毁。因此,这块加冕怀表的收藏价值极高。

想到这些,谢波德先生不微笑起来,看来儿子的眼光不错,而且所出的价格也合理。谢波德先生不由轻轻用手指拨了一下精致小巧的表壳扣,只听"啪"一声,表壳打开了,然而当他的目光接触到正"嘀嘀嗒嗒"走动的表针时,他脸上的笑容立刻僵住了。

谢波德记得,根据资料上的记载,在怀表的每个整点,应该都镶着一颗紫罗兰色的钻石,它们在光照之下会映射出美丽的紫色光焰,这也是怀表价值高昂的原因之一。可是现在他所看到的,竟是十二颗普通的人造水晶石。

谢波德先生怔怔地看着怀表,好久好久才长长叹出一口气。十万英镑对他来说,尽管数目不小,但还赔得起,而真正让他伤心的是,斯丹所犯的这个错误,不要说专业的珠宝鉴别者,就连稍微具备一点珠宝常识的人,也不至于会犯啊!

晚上回到家,谢波德先生把斯丹叫进书房,将那块用十万英镑换来的假怀表放在他面前,说:"以我的了解,你不可能辨别不出钻石和人造水晶的区别,我很想知道,你为什么会犯下如此愚蠢的错误?"

斯丹沉默片刻,说出了实情:"有位老先生拿来一块怀表,我看出它的确是瑞典国王的加冕表,只是钻石被换成了人造水晶,顶多值一万英镑。可老先生却开价十万,因为他女儿要和一个富家公子订婚,需要一笔匹配夫家的丰厚嫁妆。我想,如果我们损失九万英镑,能够帮助一个女孩换取一生的幸福,那为什么不做呢?"

谢波德先生怎么也想不到,斯丹竟会是因为这个理由而做出如此蠢事来,他气得拍着桌子吼道:"你就这么轻信别人?你怎么知道人家不是在骗你?"

斯丹镇静自信地说:"我当然知道人家没有骗我,因为我在他眼睛里看到的,是一位父亲慈爱和充满期望的神情,就像您平时看我的眼神一模一样。"

斯丹把话说到这个份上,谢波德先生没辙了,一点脾气也发不出来。他看着儿子,心中满是爱与痛:真是个好儿子啊!可是,正是因为这种善良,他或许注定将无法继承自己的家业。

第二天,谢波德先生和斯丹照常去珠宝行上班。他们刚走进店堂,就见一位年轻的姑娘已经等在那里了。

姑娘拿出昨天斯丹开出的支票退还给斯丹,说:"对不起,先生,那块加冕怀表不值十万英镑,因为几年前为了给母亲治病,我偷偷卖掉了怀表上的十二颗钻石,并用人造水晶代替了。不过当时这一切我都是瞒着父亲做的,他并不知道内情。"

听姑娘这么一说,父子俩不由互相望了一眼。

斯丹诚恳地对姑娘说:"哦,小姐,你父亲对我说过这笔钱的用途,也许我……"

姑娘一听立刻会意了,她感激地看着斯丹,说:"你的心真好,可是我已经不需要了,我的未婚夫得知我父亲的公司破产后,就取消了婚约。"说完,她把支票递还给斯丹。

姑娘走了,斯丹有点得意地对谢波德先生说:"您以前教过我,和珠宝打交道就是和人打交道。珠宝的真伪需要从成色和质地上辨别,而诚实是人的质地,需要用善意的心去仔细辨别。"

谢波德先生此时早已笑开了怀:儿子已经长大,并且开始有独立的见地了,还用得着自己瞎操心么?

谢波德先生把那块镶着十二颗人造水晶石的加冕怀表递给斯丹,小声说:"除了珠宝鉴别,我还有一招可以教你——在送还这块怀表的时候,别忘了要坚持送那姑娘回家。她是个好女孩,需要一个好男孩陪伴!"

斯丹的脸霎时红了!不过,他依照父亲的话,追了出去……

(余泽敏)

(题图:箭　中)

天 价 头 发

　　在蒙特利尔城的唐人街,有一家"珍品收藏帮办公司",公司老总名叫申雪,是一个年轻漂亮的中国姑娘。

　　这天,有个叫迈克尔的客户找到公司门上,说愿出三十万美元收藏卡罗尼奥队前足球明星施纳汉姆的一根头发。申雪虽然觉得这事有点离奇,但还是和迈克尔签下了合同,并收下了五万美元的定金。可是没过多久,申雪见到施纳汉姆,一看,差点没晕过去:眼前的施纳汉姆并不像人们以前熟知的那样有一头浓密的头发,而是光溜溜地"寸草不生"。

　　经过了解,申雪才知道,施纳汉姆退役后突然莫名其妙地对头发产生了一种厌恶感,只要从镜子里看到自己的头发,马上就会浑身痉挛,吃不香、睡不稳。从那时起,他每天早上都要让家庭理发师把他的脑袋细心地刮上一遍,决不让丁点儿头发冒出来。在如此情况下,要想获取施纳汉姆的一根头发,决不亚于上天揽月。

就在申雪一筹莫展的时候,迈克尔打电话过来了,催问申雪关于施纳汉姆头发的收藏帮办进展情况。申雪不动声色地说,让迈克尔到时来取货就行。申雪之所以如此自信,是因为经过调查,申雪获取了一个不为外界所知的秘密:施纳汉姆自小除了喜爱足球,还特别喜欢钻研中国象棋,自打退役后,他就闭门不出,潜心研究象棋棋谱,棋艺突飞猛进。掌握了这个情况后,申雪心里有了主意。

这天,施纳汉姆家来了一位不速之客,她就是申雪。申雪说,她是专程慕名来和施纳汉姆切磋象棋棋艺的。施纳汉姆热情地把申雪请进客厅,摆上棋盘,两人于是就隔着楚河汉界厮杀起来。

第一局,施纳汉姆赢得酣畅淋漓,申雪似乎并不是他的对手;第二局,申雪看上去似乎用尽了浑身的招数,一张俏丽的粉脸儿憋得通红,却依然没占上风,但总算和施纳汉姆战了个平手;但第三局开始后,申雪却突然一改棋风,妙招迭出,直杀得施纳汉姆手忙脚乱,只有招架之功而无还手之力。不得已,施纳汉姆只好"举手投降"。

施纳汉姆本来就是个不服输的人,加上他还从来没有遇到过像申雪这样的强劲对手,顿时起了争强好胜之心,非要和申雪再下三局以定输赢。

申雪微微一笑,挑衅似的对施纳汉姆说:"我愿意奉陪,但想和先生一赌,不知您敢不敢?"

施纳汉姆笑着问申雪:"姑娘,您希望怎么赌呢?"

申雪说:"三局定输赢,输者必须答应胜者一件事。"

施纳汉姆立即调侃道:"从刚才您给我的名片上,我知道您是搞珍品收藏的,依我看,您无非是想从我这里捞点儿什么回去。不过,如果您不能在接下去的比赛中赢了我,恐怕就要失望而归了。"

申雪"嘻嘻"一笑,说:"施纳汉姆先生果然精明,但我一定会高兴而来满意而归的!"

见申雪一副胜券在握的样子,施纳汉姆禁不住哈哈大笑起来:"好吧,我答应你,如果你赢了,不论你要我做什么事,我都会满足你的!"

于是两人重开战局。只是这次较量,施纳汉姆的运气可就没有刚才那么好了,在申雪凌厉的攻势下,他几乎没有施展身手的机会,没多工夫就以零比三败北。施纳汉姆望着申雪,脸上满是惊讶的神色。

这时,申雪笑嘻嘻地又掏出一张名片来,递给施纳汉姆。施纳汉姆接过去凝神一看,名片上用中英文写着:中国象棋大师申雪。原来,申雪曾在世界象棋锦标赛上获得过女子个人赛冠军,并被中国棋院授予"中国象棋大师"的称号。

得知自己败在中国象棋大师的手下,施纳汉姆笑了:"姑娘,说吧,我能为您做什么事?"

申雪郑重地说:"施纳汉姆先生,我的要求很简单,就是想要您的一根头发。"

施纳汉姆一听,顿时愣了,他不由自主地伸手摸摸自己光溜溜的脑袋,神态极为尴尬。

申雪站起来,朝施纳汉姆恭敬地鞠了一躬,诚恳地说:"施纳汉姆先生,我和客户已经签了合同,得不到您的头发,违约赔偿损失倒没什么,重要的是我失去了信誉,而信誉对我们公司来说,并不亚于我的生命。我知道先生酷爱中国象棋,无奈之下只好出此下策,得罪之处还请先生海涵!"

只见施纳汉姆沉思了一会儿,抬起头来对申雪说:"虽然我现在十分厌恶我的头发,但既然我事前答应过您,我就必须履行我的承诺。这样吧,请您三个月后来,我一定让您满意而归。"

转眼间,三个月过去了,申雪应约来到施纳汉姆的别墅,当她见到施纳汉姆时不禁愣住了:他的头上还是光溜溜的,别说头发,连根头发茬也没有。

见申雪吃惊的样子,施纳汉姆不由笑了,他突然猛地一个向后转,给了申雪一个大背影。申雪初时一愣,再一看却乐开了怀。原来,施纳汉姆的后脑勺上梳着一条细小的发辫,足有二十公分长!申雪高兴地欢叫一声,情不自禁地拥住了施纳汉姆。

接下来的一切,都被摄像机录了下来:申雪的纤纤玉手,轻轻解开了施纳汉姆后脑勺上的那根细小的发辫,扯下了其中的一根头发,当场用琥珀密封好。然后,当她要去关摄像机的时候,却被施纳汉姆阻止了。申雪正在犯疑,只见施纳汉姆的私人理发师拿着剃刀从外面走进来,很快把施纳汉姆后脑勺上的那撮头发给剃光了,随即施纳汉姆拿着那撮头发,掏出打火机,在摄像镜头前将它们烧了个精光。

施纳汉姆的这一连串举动,让站在一旁的申雪十分感动,她知道,她手里的这根头发已经成为施纳汉姆留在世上的珍发孤品。感动之余,申雪再次拥抱施纳汉姆,眼睛里盈满了泪花。

申雪如约将头发交给了迈克尔,迈克尔看了当时留发的整个摄像资料,证实这根用琥珀密封着的头发确是施纳汉姆的,便履行合同如数付款。

迈克尔临走时,申雪再也忍不住自己的好奇,问迈克尔道:"先生,能告诉我您为什么要花三十万美元买施纳汉姆先生的一根头发吗?"

迈克尔冲申雪一笑,神秘地说:"对不起,对此我无可奉告。"

申雪只好打住,不再追问。

几个月后,突然传来施纳汉姆患白血病去世的消息,申雪似乎有点明白了:难怪施纳汉姆不愿留头发,原来他一直在和病魔作斗争,为了不让外界知道他因化疗而脱发,便谎称厌恶头发……想到这些,申雪不由热泪盈眶。

可是没多久,一条更轰动全球的新闻披露了出来:在温哥华,一个名叫珍妮的夫人竟然花一百万美元,从迈克尔手里买下了施纳汉姆的一根孤品珍发。一根头发居然卖到一百万?申雪实在难以置信。为了将事情弄个明白,申雪来到温哥华,找到那位珍妮夫人,向她说明了自己的身份,并坦率地道出了自己找上门来的原因。

谁知珍妮夫人的脸上立刻现出了悲伤的神情,她望着申雪,思忖片刻之后,便将一切隐秘和盘托出。

这珍妮不是别人,正是施纳汉姆的前妻。当年,施纳汉姆在卡罗尼奥队踢球时,珍妮一直是他的铁杆球迷,后来就嫁给了他。婚后不久,珍妮受人蛊惑,也为了让施纳汉姆能时时陪在自己的身边,在新一轮西班牙甲级联赛开赛前夕,珍妮偷偷地在施纳汉姆的饮料中放入了兴奋剂,结果施纳汉姆因此而被禁赛一年。后来施纳汉姆知道了真相,勃然大怒,当即和珍妮分道扬镳。

离开施纳汉姆以后,珍妮常常为自己做下的错事痛悔不已,她很想回到施纳汉姆身边去,可施纳汉姆就是不肯原谅她。珍妮无奈,便退而求其次,想得到施纳汉姆的一根头发,好让它陪伴自己度过余生,但施纳汉姆又一次拒绝了她,并从那时起就不再留发,以此表示和珍妮的决绝。颇有心机的迈克尔知道了这件事后,从中悟到了商机,于是不惜以三十万美元的代价,要申雪为他想方设法。头发到手后,迈克尔并没有马上卖给珍妮,而是等到施纳汉姆逝世后,才在温哥华公开拍卖这件孤品。迈克尔料定珍妮一定不会让施纳汉姆的头发落到他人之手,结果果然如此,拍卖场上高潮迭起,最终一根头发拍出了一百万美元的天价。

　　珍妮抽泣着告诉申雪："我爱施纳汉姆,我一直在等待他对我的宽恕,我怎么也没料到,他竟然会身患绝症。今生今世,我再也不能回到他的身边了……"

　　望着珍妮说话时那沉醉而又痛苦万分的神情,申雪被她对施纳汉姆执著的爱深深感动了……

（黄西华）

（题图:佐　夫）